集英社オレンジ文庫

金物屋夜見坂少年の怪しい副業

紙上ユキ

金物屋夜見坂少年の怪しい副業

かなものや よみさかしょうねんの あやしいふくぎょう

もくじ

イラスト／宵マチ

人　形

1

土間の柱に掛けられた日めくり暦《こよみ》の薄紙がそよ風にゆれていた。ひらりと浮き上がっては落ち着くことを繰り返す薄紙の表面に黒々と刷りこまれているのは、明正《めいしょう》十五年四月一日の日付である。あたりを立て込ませているのは鍋や薬缶や刃物、バケツなどの金属製品だ。加えて石鹸《せっけん》や竹ざる、箒《ほうき》などの荒物《あらもの》が少々。質実、あるいは可憐《かれん》な生活道具百般をずらりとそろえた、ここは金物屋《かなものや》である。

店主夜見坂《よみさか》はちょうど、商品にはたきをかけているところだった。その手が、付近にはめずらしい物音にふと止まった。夜見坂は表通りに面して開け放しにしていた硝子《ガラス》戸から、ひょいと顔を突き出して外を見た。

のどかな陽光の下、ぴかぴかに磨き上げられた自動車が威勢よく近づいて来るところだった。せわしないクラクションの音で道行く人々を追い払い、下町の狭い通りに砂埃《ぼこり》を巻き上げながら、しかしだんだんに速度を緩めた自動車は、ちょうど夜見坂金物店の前にたどり着いたところで、ぴたりと動きを止めた。

車内からすらりと降り立ったのは、黒い背広を隙《すき》なく着こんだ白髪の男であった。男ははたきを提げてぽかんとしている夜見坂の姿をみとめると、慇懃《いんぎん》に口上を述べ立てた。

「わたくし、賀川《かがわ》男爵家に家令としてお仕えしております畑山《はたやま》、と申します。このたびはお宅様のご主人に折り入ってご相談したい旨《むね》があり、お迎えに参上いたしました。まじない屋の夜見坂平蔵《へいぞう》氏はご在宅でしょうか」

夜見坂は、どこかしら機械人形を思わせる畑山の長身をついと見上げた。肩先に煤《すす》が凝《こご》ってできたような黒いかたまりがひとつ、引っ掛かっているのが見えた。陰気の黒雲だ。

――ふうん、男爵家ってところはあんまり楽しい場所じゃなさそうだな。

などと、畑山の職場の雰囲気に見当をつけながら、夜見坂は返答をした。

「平蔵は去年、九十三歳で他界しました」

「なんですと！」

それまで畑山のおもてを優雅に彩っていた微笑が、たちまちのうちに色褪《あ》せた。あまりに露骨《ろこつ》な落胆ぶりに、夜見坂はついうっかり、

「よければ、おれが話を聞きましょうか？」

言ってしまってからしかし、後悔した。畑山の顔に、今度はあからさまな疑惑の表情が

あらわれたからである。畑山は夜見坂の顔をじろじろと眺めまわしたあとで、いかにも残念そうにつぶやいた。

「そうすると、もしやあなたが……夜見坂氏の後継でいらっしゃる？」

「ええ、そういうことになりますね」

「これはまた、ずいぶんとお若い……」

畑山は弱々しい息と声とを同時にもらしながら、虚《うつ》ろな視線を宙にさまよわせた。

まじないを扱うなら年かさに限る。そのほうがだんぜん客受けするからだ。単なるイメージの問題だが、卜占《ぼくせん》まじないのたぐいはその、イメージこそが重要な商売だ。はっきりと目に見える生活物資をやり取りする、そのために誰が営んでも理不尽な客の疑惑にさらされないですむ、すっきりとわかりやすい金物屋業とは違って。

夜見坂少年はだから、まじない屋稼業が嫌いだった。もし、本業だけでじゅうぶんな生活費を稼ぎ出せるものなら、こんなふうに胡乱《うろん》な副業の看板など即座に捨ててしまいたかった。すぐそこにあるすてきな小刀でみじんに刻んで、紙ふぶきと洒落《しゃれ》たいくらいだ。ところが零細商店の哀しさ、本業だけではやっていけないからこそ『占い、まじない、憑《つ》き物落とし承《うけたまわ》ります』の張り紙を店の片隅に貼りっぱなしにしているのである。そうなると必然、こういう輩《やから》の相手もしなければならなくなる。

――おれが気に入らないんなら、さっさと帰ればいいのに。

畑山の不信感丸出しの態度に、夜見坂は憤然として店の奥へ引き返しかけた。が、

「しかし……仮にも夜見坂氏の後継を名乗っていらっしゃるというのなら……不安はございますが仕方がありません。お力をお貸しください。ことが差し迫っておりますゆえ、手ぶらで戻るわけにはいかないのです」という畑山の言葉に引き戻された。

数分後。夜見坂は上品に失礼な畑山と並んで自動車の後部座席に納まっていた。それから賀川の邸《やしき》に到着するまで約二時間。急ぐ自動車に散々揺られてたどり着いたのは、広大な庭園に囲まれた、貴族の住まいの見本のような大邸宅だった。

賀川家の邸内では、例の黒いかたまりをいたるところで観察することができた。ときどき、通路の奥からすうっと滑ってきたやつとまともに衝突しそうになるので、ひょいと首をかしげて避ける。傍《はた》から見ればなかなかに不審な行動なので、そのたびに畑山が怪しむような目つきで斜め後ろを振り返った。さっき避けたかたまりがふわりと舞い上がって畑山の頭上に着地するのを眺めながら、夜見坂は気まずい思いで咳《せき》払いをした。

夜見坂の視力は、あたりまえの人のものとは少し違っていた。たとえば、いま夜見坂に見えている黒いかたまりはふつうの人間の目には映らない。敏感な人間なら『感じる』こ

とくらいはできるようだったが、はっきりと認識できないという点では大差がない。

だからといって、夜見坂は常人の目には見えないものについて、いちいち口にしたりはしない。そうしたところで何の役にも立たないし、たいていの場合、無駄に相手を不快にさせるだけだからだ。

書斎に通された夜見坂は、さっそく邸の主人に引き合わされた。生命力あふれる自信家。じっさいにやり手の実業家でもある賀川男爵は、貴族というよりは財界人しかりとした容《よう》貌《ぼう》の持ち主だった。そんな主人の目顔を受けて、畑山はひとまず低頭して引き下がった。が、じきに漆《うるし》盆を捧げ持って戻って来た。畑山は、それを応接椅子に腰かけた夜見坂の前にうやうやしく差し出した。

賀川が肘《ひじ》掛けに置いた手をわずかに持ち上げた。主人の無言のうながしに従って、夜見坂は盆にかけられた覆いを取った。

あらわれたのは一体のひとがたであった。藁《わら》を人の形に成形した、呪いの形代。その胴部には、三本のふとん針が深々とつきたてられていた。

「はあ、確かに。これはまた、呪いの教科書にでも載せたくなるような模範的な呪い人形ですね。作った人の律儀な人柄がしのばれます」

夜見坂は人形を手に取って、矯《た》めつ眇《すが》めつ検分した。

「そのとおり。いかにも呪いの人形だ。つい先ごろ、庭師が離れの縁の下で発見した。離れには息子の千尋《ちひろ》が寝起きしているのだが……見ての通り、尋常のものではない。つまりは、これがまじない屋、おまえを邸に呼んだ事情なのだ」

「あの、おれは金物屋です。まじない業はあくまで副業で――」と、口を挟みかけた夜見坂を、賀川は冷たい目つきで黙殺した。

「どうやら、息子は何者かに呪われておるらしい。五年前に長男の幸彦《ゆきひこ》を亡くした私にはあれが唯一の男子なのだが、二月ほど前から奇病にとりつかれた。これがおかしな病で、医者にみせてもどうにもよくならん。どの医者も見立てさえつけられずに匙《さじ》を投げる。息子のほうは日に日に衰弱していくばかりだ。最後に呼んだ医者などは……病理研究の分野ではたいそう高名な博士《はくし》だというふれこみだったがあの男、すでに手遅れだなどとぬかしおった。この明正の御世《みよ》にまじない屋にすがらねばならんとは業腹《ごうはら》だが、他に打つ手もない。八方ふさがりで打つ手に窮してそちらに使いを遣《や》ったのだ。ところがそのあてまでが外れた。平蔵とやらはすでに身罷《みまか》ったそうだな。名うてのまじない屋だと聞いて期待していたのだが、間の悪いことだ。呪いの出処《でどころ》を調べさせ、さらにはその根を断たせるつもりだったが、さて、おまえのような小僧では……」

　夜見坂を不服そうに見遣りながら、賀川は舌打ちをした。

「ご心配には及びません。仕事については、先代に過不足なく教わっていますから。もしほんとうにご子息の病が呪いに端《たん》を発しているものならば、すっきり解決してさしあげます。そこはご安心いただいて結構です」

言いながら、夜見坂は人形の首にあたる部分に巻き付けられた紙縒《こよ》りを解いた。

『怨　賀川　二男　四月十日』の文字が、水茎《みずくき》おどろに書きつけてある。人形の造作がセオリー通りなら、腹の部分からはみだした毛髪は千尋本人のものに違いなかった。

「ここに、四月十日と明示してありますが……この日、貴家《きか》では何か特別な行事を催される予定がおありなのでしょうか」

「いや、何もないな。毎月十日には、貴族会館で定例の会合があるが」

「では、ご子息についておうかがいします。何か他人に恨まれるような出来事、彼に恨みを抱いていそうな人間に心当たりはありませんか」

「見当もつかんな。陰気な息子だ。邸に引き取ってからこの方、ろくに口もきかん。そのうちに学校も休みがちになって、部屋で酒ばかり飲んでいるようになった。その矢先の、この呪い騒ぎだ。だが、あんなでも賀川の大事な跡取りだ。死なれては困る」

「なるほど。貴族の家督《かとく》を継ぐ資格を持つのは、当主直系の男子だけですからね」

男爵が苦い顔でうなずいた。

「私には千尋と妹娘の富子《とみこ》のほか、外にも何人か子があるが、どれも女ばかりでな。男子は内にも外にも千尋ひとりきりだ。もし、あれが死ぬようなことがあれば、いずれ爵位を返上しなければならなくなる。まさか金に困っているわけでもあるまいに、継嗣《けいし》不在によって爵位を失うなどとはありうべからざる不面目。正統貴族にあるまじき不名誉だ。絶対に認められん」

「つまりは、お家存続の危機なんですね。それでは奥方様もさぞ、お心を痛めておいでのことでしょう」

「それが、そうでもないのだ。妻は財閥の出だからな。爵位云々《うんぬん》にはほとんど関心がない。あれが心にかけていることと言えば、芝居の演《だ》し物のことか、衣装のことか、せいぜいが富子の縁談のことくらいのものだ。いずれ、女というものは愚鈍《ぐどん》で浅はかなものよ。世の中というものをまったくわかっておらん」

不意にノックの音が響いた。扉が開いて、しばらく姿を消していた畑山があらわれた。

「奥様が、お茶の用意をしてお待ちでございます。夜見坂様もご一緒にと承っております」

「くだらん。こんなときにのんびり女子供の茶の相手などしていられるか。畑山、おもてに車を回せ。出かけるぞ」

――出かけるって、あなたこそこんなときにどこへ行こうっていうんですか。息子さんが呪われて、いまにも死にそうだってときに？

という、夜見坂のけげんそうな顔つきをものともせず、賀川は後ろも見ずに行ってしまった。あたりに散在する黒雲を、堂々たる体裁《ていさい》で吹き散らしながら。

活力旺盛《おうせい》な男爵にとっては陰気の黒雲など、たいした障《さわ》りにもならないらしかった。とはいえ、やはり家内の黒雲は少ないに越したことはない。同じ『雲』でも、白いものは陽気を発して場の居心地をよくするが、黒いのはその逆だ。家内にこれが増えすぎると、たとえではなく、ほんとうに空間が寒々としてくる。厳密には気にも、温度があるのだ。

賀川邸はそこかしこに黒雲――陰気が遍在《へんざい》する家だった。もっとも、人の集まる場所に多少の陰気が漂っているのはあたりまえのことである。しかしこの邸の空気がことさらに冷え冷えとして感じられるのは、黒雲の多さもさることながら、そこに暖気を発する白い雲が少しも見当たらないせいに違いなかった。


「あの人の病は、因果応報というものですよ」

賀川夫人はそう言って紅茶茶碗に口をつけた。かさかさに乾いた細面に筆で刷《は》いたような目元が、きつく吊《つ》り上がっている。その、いかにも酷薄《こくはく》そうにねじ曲がった唇から吐き出された言葉はことさらに辛辣《しんらつ》だった。

「そもそも、あの人の母親は身分の低い妾《めかけ》です。もとは良家の子女だとはいっても、所詮《しょせん》は端金《はしたがね》で売り買いされるような境遇に身を落とした者。どんなさもしい考えを持っていたとしても、何の不思議があるものですか。そのような女の息子に分不相応な地位や財産を与えるくらいならいっそ、賀川の家など滅びてしまえばよいのです」

冷たく断ずる夫人のかたわらで、娘の富子はにこりともせずに茶菓子をつついていた。

「奥様はずいぶん……千尋さんを嫌っていらっしゃるんですね」

「当然でしょう。なにしろあの人の母親は、呪いをものする正真正銘の魔女だったのですからね。間違いありませんよ。もしそうでなければ、幸彦があんなむごい死に方をしたりするものですか。絶対に、あの女が呪ったに決まっています。なにしろ幸彦さえいなくなれば、賀川の財産はそっくり自分の息子のものになるのですからね。息子をこの家に送り込んだあと、ほとんど日を置かず死んだのがなによりの証拠ですよ。おおかた自分の命を贄《にえ》にして、邪法で幸彦を呪っていたのに違いない。ほんとうに、なんて憎らしい！」

「……ええと、それで、いま、千尋さんのお加減はどんなふうなんですか」

次第に凄《すご》みを帯びはじめた夫人の誇言《ぼうげん》を控えめにさえぎった夜見坂に、夫人はいびつな笑みを向けた。

「さあ、世話は手伝いに任せていますから」

ふいに富子が口を挟んだ。

「わたくし、何度かたえが井戸端《いどばた》であの人の汚れ物を洗っているのを見かけましたわ。いつかは盥《たらい》のなかが血で真っ赤になっていて……ほんとに気味が悪いったらありゃしないの」

発言内容にはまるでそぐわない、おっとりと上品な口ぶりだった。

「どのみち長くはないんじゃないかしらね。姿を見せないのはもう、床から起き上がれないからなのでしょうし」

娘のあとを受けて、夫人がさばさばとした口調で言い捨てた。その声音《こわね》の場違いな明るさに、夜見坂はそっと目を伏せた。

「あの、これから千尋さんにお会いしたいんですけど、できますか」

「どうぞ、ご随意《ずいい》に。あの人は離れに臥《ふ》せっていますから。ほら、あちら。あの生垣に沿って行けば、すぐにわかりますよ」

言いながら、夫人は背高窓の外を、ちょうどごみ溜めを見るような目つきで一瞥《いちべつ》した。


椿の生垣に沿って小路がのびていた。

腰高に整えられた濃緑の垣根の向こうに松の林が広がっている。道なりに歩いていくうちに、どこからかしきりにハサミを使う音が聞こえはじめた。夜見坂は足を止めて付近を見まわした。伸び上がって見当をつけたあたりをうかがってみると、松の枝の連なりの向こうに六十年配の庭師の姿が見分けられた。

「やあ、ご精が出ますね」

突然あたりに響きわたった夜見坂の声に、熱心に松葉を刈り込んでいた男が顔を上げた。

「離れに住んでいる若様に用があって、いまから訪ねて行くところなんです」

そんなふうに続けた夜見坂を、男はけげんに思ったらしかった。通りがかりの見慣れぬ少年の風体を用心深く観察したあとで、ようやく口を開いた。

「千尋坊っちゃんに？　とすると、あんた、お医者かね？　どうもそうは見えないが」

「医者じゃありません。金物屋です。日用品なら何でもそろう夜見坂金物店の主人です。うちは園芸用具もいろいろ取り揃えていますよ。そうだ、先ごろ、剪定《せんてい》バサミのいいのが入荷したんです。切れ味はもちろん折り紙付き。握りの曲線のすてきなことといったら、そりゃあもう、惚れ惚れするような――」

「なんだね、千尋坊っちゃんは庭バサミなんぞお使いにならんよ」

しばらく休めていた手の動きを再開させながら、庭師はあきれ声で応じた。

「ああ、失礼。今日はたまたま、彼にかけられたっていう呪いについて調べに来たんでした。そういえば。憑き物落としを頼まれたんです。こっちはほんの副業なんですけど」

「はあ、まじない屋さんかね。これはまた……らしくねえや」

庭師は気の抜けたような声で笑った。

「ところでさっき、ここの奥様にお話をうかがってきたばかりなんですけれど。先の跡取り息子の幸彦さんという方は、千尋さんの母上の呪いのせいで亡くなられたそうですね」

「なんだって?」

にわかに庭師の眼光が鋭くなったのはそのときである。

「幸彦坊っちゃんの亡くなったのは、ありゃあ、自業自得というものですぜ」

一切の異論を受けつけないといった力強さで、庭師は言い切った。おまけにさっさと作業を切り上げて、するすると梯子《はしご》を降りてきた。夜見坂の持ち出した話題は俄然《がぜん》、彼の興味に訴えたらしかった。

「なに、ちょうど一息入れようと思っていたところだったんですよ。どれ、もののついでだ。このさい、ほんとうの事情ってやつを話してさしあげましょう」

庭師はちょうどそこにありあわせた置き石に腰かけると、帯に提げた煙草《たばこ》入れを探って一服つけた。いかにもうまそうに煙の輪を吐きだしてから、のんびりと切り出した。

「なに、当時から手前ども邸仕えの者の間ではあたりまえに知られておりましたがね、幸彦坊っちゃんは酒と女が過ぎてお亡くなりになったんでさ。なにしろあの坊っちゃんはお父上に似て、ずいぶんと好色なお方でしたからな。そりゃあもう、節操のない放蕩《ほうとう》ぶりで」

「へえ。奥方はそうはおっしゃらなかったけれど。千尋さんの母上という人は強欲で、妬《ねた》み深くて、陰険で、罪もない幸彦さんを呪い殺したあと、魔物に魂を取られて変死したということでしたよ」

「滅相《めっそう》もない。手前の知る限りでは、千尋坊っちゃんの御母上は見ているこちらが歯がゆくなるくらい、心根《こころね》のやさしいお方でしたな。そんな気の弱さに加えて生来身体《からだ》も丈夫でないお人のようでしたから、おおかた生きがいだった千尋坊っちゃんを取り上げられて、がっくり気落ちなさったんでしょう。主人の意のままに扱われるのが妾の常とはいえ、お気の毒なことでした。本宅の奥様のご気性とはまるきりの反対で。むしろあの頃は、奥様のほうがお妾を呪い殺したのではないかともっぱらの評判でしたな。だけど、あの奥様のご性分では、自分の息子の非を認めたがらんのも無理はありませんやね。なにしろ同じ放蕩者でも、男爵様のほうはほれ、ぴんぴんしておいでだ。とはいえ、あの男爵様を常人扱いにするのは、ちと憚《はばか》られますな。なにしろ、呪いも何も効きやしないというふうですからね。あの御仁は。ですが幸彦坊っちゃんはそうじゃなかった。ことによると、ひどい仕打ちを与えたどこぞの女郎《じょろう》の呪いの的になって、命を取られたものやもしれんですな」

「ところで小父《おじ》さんは、千尋さんが呪いのせいで、いましも瀕死《ひんし》の状態だということをご存じでしょうか」

「もちろんですとも。邸仕えの間では、知らない者はおりませんよ。手前などは、奥様こそが千尋坊っちゃんを呪っている張本人だと思っていますがね」

「へえ。もしかして夜中に奥方がアレをかぶって、お庭の松の木にソレを金づちで打ちつけているのを見かけられたとか？」

「そうじゃありませんや。生霊《いきりょう》の話ですよ。手前どもの故郷では、『すそ』と呼びならわしておりますがね、何をしなくても、勝手に恨みの念が生霊になって恨みに思う相手にとり憑いて、その人間を殺しちまうことがあるんですよ。人の怨念ってものは、そりゃあ、恐ろしいもんですからね」


千尋が寝起きしているという離れは、白壁に切妻《きりづま》屋根をのせた、いたって清楚なたたずまいの小家だった。夜見坂は建物の姿の良さに見惚《みと》れながら歩を進めた。戸口に立つ。さらに引き戸を開けかけたところで、思わずその手を引っ込めた。触れぬ先から格子戸が引き開けられたからである。

だしぬけに戸口の向こうにあらわれたのは、たすきがけの紺絣《こんがすり》に前掛け姿の若い手伝いだった。足取りばかりはしっかりしていたものの、その中身はどこか上の空といった体で、ちょうど相対する位置に立っていた夜見坂は彼女とまともにぶつかりそうになって大いにあわてた。危ういところで脇に身をよけたが、彼女のほうで抱えていた桶《おけ》のなかで波立った水が、ぴしゃりとはねた。たちまち夜見坂のシャツの片袖《そで》がびしょ濡れになった。手伝いはそれで、はたと正気に返ったようだった。

「あっ、すみません」

手伝いはうろたえながらも、すぐに桶を置いて、帯の間から取り出した手巾《しゆきん》を濡れた袖に押し当てた。シャツに滲《し》みた水をいくらかでも拭い取ろうと懸命な彼女の様子を間近に観察しながら、夜見坂は首をかしげた。疲れているのか、ずいぶん顔色が悪い。しかし、たいそうな美人である。その、ほんのりと熱を帯びた目元に涙の跡がある。

「もう、いいですよ。あとは放っておけば自然に乾きます。千尋さんに用があるのですが、おじゃまさせてもらっても、いいですか」

夜見坂が声をかけると、手伝いはなぜかはっとした様子で身を退《ひ》いた。しきりに頭を下げながら桶を取り、そのまま行ってしまった。

離れの玄関先にとり残された夜見坂は、建物の奥に向かって声を張り上げた。

「ごめんください。少し、話をさせてもらってもよろしいでしょうか」

返事はなかった。夜見坂は式台に膝《ひざ》をついてきちんと靴をそろえてから、板敷の床に足を踏み入れた。かすかに消毒薬が匂う。掃除のゆき届いた廊下はしんと静かで、邸のいたるところで目についた陰気の黒雲も、ここではひとつも見つけられなかった。

しかし。寝室らしき部屋の襖《ふすま》をすっと引き開けたとたん、それはなだれを打って通路に吹き出してきた。めったに見かけない、大量の陰気の奔流《ほんりゅう》だった。夜見坂は思わず手のひらで口許《くちもと》を覆って退いた。

視線を上げると、いまだ室内にしつこくこびりついた黒雲が目に入った。みっしりと空間を満たした黒い霧が、部屋全体を暗く陰らせている。もちろん、その様子は夜見坂の目にだけ映る別次元の光景であって、現実の部屋の景色とはまったくの別物である。じっさいの室内は、障子を透かして射《さ》す陽の光の明るさに満ちていた。

清潔に整えられた畳敷きの部屋の中央に、寝台が一台据えてあった。ひとりの青年が静かに横になっている。寝間着の袖からのぞいた彼の両腕には、真新しい包帯が巻かれていた。夜見坂はそっと近づいていって、寝台の上をのぞき込んだ。病人は眠っているようだった。夜見坂は手持ち無沙汰《ぶさた》になって、あらためて室内を見まわした。例の黒いかたまりが部屋のあちこちに張りついていること以外は、別段変わったところもない。本箱と書き物机。学生の部屋らしい、質素な設《しつら》えだ。夜見坂は本箱の前に立って、そこに並んだ本の背表紙にさっと視線を走らせた。何冊か引き出してページを繰《く》り、もとに戻した。

書き物机の上はきれいに片づけられていた。ほんとうに何もない。不自然なほどの潔《いさぎよ》さをたたえた、四角い空白。しかし、そこには目に見えない不穏が確かに存在していた。

余分な装飾とも持ち物とも縁のない空《から》っぽな、それでいて奇妙に剣呑《けんのん》な印象を受ける部屋だった。にもかかわらず、そこにあるべき妖魔の気配はおろか、まじないの形跡すら見当たらない。

「……たえ、か？」

ふいに声をかけられて、夜見坂は振り返った。いつの間にか青年は目を開いていた。天井を見つめたままの横顔は、病みやつれてはいるが品良く整っている。母親似なのだろう。賀川男爵の、あの尊大で押しつけがましい顔貌には少しも似ていなかった。

不時の訪問者に気づいたとき、彼は少しだけ驚いたようなそぶりを見せた。

「……おや、客だったか。ふん、その若さでまさかとは思うが、きみは新手の医者か？それとも、死神かな？」

なにしろ起き抜けにいきなり見知らぬ人間と対面することになったのである。軽口をたたきながらも青年の顔にはあからさまな警戒の表情が張りついていた。

「その、どっちでもありません」

生真面目《きまじめ》に答えた夜見坂に、千尋はぞっとするような冷笑を投げつけた。

「なら、出て行け。きみにできることなど、ここには何もないよ」

「さあ、それはお話を聞いてみないとわからないことですから。あの、勝手に上がり込んだうえにこんなことお願いするのは気が引けるのですが、ちょっとだけ質問させていただいてもよろしいでしょうか」

言いながら、夜見坂は千尋の返事を待たずに寝台の枕辺に座り込んだ。

「賀川千尋さん。あなたはいったい、死ぬのが怖くはないんですか」

「なぜそんなことを訊《き》く」

「いえ、呪われて死に瀕している人にしては、ずいぶん落ち着いておられるなあ、と思ったものですから」

「なんだ、そういうことか。言われてみれば確かにそうかもしれないな。僕はもともと……こうなる以前から、生きていることを有難《ありがた》がってはいなかったから」

「若くて、ハンサムで、おまけにお金持ちという身空で？」

「そんなふうにあらためて並べ立てられてみると、なるほどどうってつけの条件だな。賀川の家の看板を持って飾り物になっているには」

千尋は口許だけで笑ってみせた。

「……僕は父の操り人形として生きる人生にはほとほと愛想が尽きたんだよ。この先、僕を待っているのは、軽蔑《けいべつ》すべき人間に貢献することだけを目的にして生きる人生だ。そんなもの、つとめて遠慮したいね。そういうわけだから僕はもう、この世にどんな未練も持っていないんだよ。それに、どうにもならない恨みや憎しみをすっきり片づけるには、きれいさっぱり死んでしまうのがいちばんだ。そうは思わないかい」

「さあ、おれには何とも。ところでさっき、おもてで凄い美人のお手伝いさんに行きあったんですけど、彼女、たえさんっていうんですね。ひょっとして、あなたと特別な関係だったりするんですか？　だとしたら、死ぬのはもったいないですよ。どう考えても」

「きみ、見かけによらず、俗物的なんだな。僕を父のような男と一緒にしないでくれ。制度に放縦《ほうじゆう》を許された人間がいるとして、皆が皆、下劣に生きると限ったものではないんだよ。僕は邸仕えの人間に強権をふるったりはしない。彼女は看護係として僕によく仕えてくれている、とても親切な女性だ。この二月のあいだほんとうに献身的に僕の世話をしてくれた。病人としては感謝のしようもないくらいだ」

「はあ、そういうわけでしたか。彼女、ずいぶん顔色が悪いみたいでしたけれど、あれ、看病疲れでしたか。それならこのあたりで他のお手伝いさんに交代してもらって、何日か休ませてあげてはいかがです？」

「なに、じきに休めるようになるさ。僕の命はもう何日も持たないだろうから」

「そうか。確か、四月十日……でしたね」

ひとりごとのようにつぶやいた夜見坂を、千尋はじっと見つめた。

「いえ、どうも。お時間をいただいて、ありがとうございました。おれはこれで失礼します。お体、大事になさってください」

夜見坂はそそくさと立ち上がって、襖に手をかけた。が、敷居を跨《また》ぎかけたところで思い出したように足を止めた。

「いけない、大事なものをお渡しするのを忘れるところでした」

夜見坂はまた寝台のそばに戻ってきて、ズボンのポケットから二つ折りにした紙束を引っ張り出した。その手許に不審のまなざしを注いでいる千尋に、やがて選《え》り出した一枚を差し出した。

「これ、護り札です。たえさんに、玄関先にでも貼っておいてもらってください。なるべく目立つ感じでお願いします」

細長い紙面に奇妙な書体で書きつけられた文言は、『殺すな』と読めた。

母屋《おもや》へ戻る途中、夜見坂は椿の小路で、ちょうど反対方向からやって来たたえに行きあった。布巾をかけた盆を持っている。たえは夜見坂の姿に気づくと、あわてておもてを伏せた。

「こんにちは。また会えて助かりました。じつはちょうど、あなたにも聞きたいことができたんです。四月十日なんですけど、いったい何の日なのかご存じじゃありませんか？」

「いえ、わたしは……」

「そうか、知りませんか」

言いながら、夜見坂はたえの顔色がさらしたように白くなっていくのを見逃さなかった。

「……でも、たえさん。あの、呪いの人形を作った人物なら、知っているみたいですね」

ガチャンと音をたてて、盆が地面に落下した。土瓶や湯呑みが土にまみれて散乱し、あたりに煎《せん》じ薬の匂いが立ち込めた。

「す、すみません、手が滑って……」

たえはその場に崩れるようにしゃがみ込んで、壊れものの破片《はへん》を拾いはじめた。その手は冗談のように震えていた。夜見坂は膝を折って、たえを手伝いながら言った。

「そんなに怖がらないでください。呪いは現行法には抵触しませんから、官憲《かんけん》を恐れる必要はありません。おれはただ、その人に伝言をお願いしたいだけなんです」

夜見坂は終始無言で手を動かしているたえに拾い集めた器物をのせた盆を返しながら、声をひそめた。

「四月十日は、絶対に。絶対に、部屋から出ないでください。もし、これまでの仕事を無駄にしたくなかったら、騙《だま》されたと思って一日だけ辛抱してください。もしうまくいかなければ、二度とあなたのじゃまはしませんから、って」

それだけ言い終えると、夜見坂はにこりと微笑《ほほえ》んで立ち上がった。たえは盆を抱えてそこにうずくまったまま、動こうとしなかった。夜見坂は仕方なく、その背中に暇乞《いとまご》いをした。


夜になっても賀川は戻らなかった。夜見坂は長々と応接間で待たされたあげく、畑山が恐縮しきりで手配した貸し自動車で帰されることになった。

「男爵様は、昼間出て行ったきりなんですか?」

「はい、左様でございます。お帰りはおそらく、深夜ごろになりますかと」

畑山は申し訳なさそうに肩をすぼめた。

「それは困ったな、男爵様にどうしてもお伝えしたいことがあったんですけど」

「よろしければ、私が責任をもって承りますが」

「そうですか?　じゃあ、お願いしようかな」

夜見坂は持参の占い道具を風呂敷のうちに手際よく片づけながら言った。

「さっき、卦《け》をたててみたんですけれど。男爵様の命運に、はっきりとした断絶の兆《きざ》しが見えました。この結果にかんがみて、呪い人形に込められた怨念が危害を及ぼすのはただ、ご子息の生命だけというわけではないようなんです」

「それはもしや……男爵様ご自身も、呪いの対象だということでございましょうか」

「そのとおりです。呪い人形に書きつけてあった二男とは次男の意ではなく、賀川家の男性二名までをさしているものと思われます。しかも、この呪いは恐ろしく強力です。おそらく、男爵様の身の上にも近日中に災いが顕現《けんげん》することになるでしょう」

「い、いったいどうすれば」

　畑山はおろおろしながら訊いた。

「お力になりたいのはやまやまなのですが……残念なことに悪霊の力が強すぎて、いますぐにどうにかするというわけにはいかないんです。しかるべき準備を整える間、男爵様にはこの護り札を常時携帯するようにお伝え願えませんか。効果は一時的なものですけれど、身を守る助けにはなると思います」

　夜見坂はシャツの胸ポケットから一枚の札を引っ張り出すと、それを畑山の手に託した。

2

四月十日の夜であった。賀川は、葉巻の煙とウイスキーの匂いの立ち込めるホールをあとにして、おもてに出た。それから貴族会館の正面、車回しにあらわれた自家用車に、いつものように乗り込んだ。走り出した車の窓の外を、街灯の光が流れていく。

賀川は上着の隠しに紙入れを探った。紙入れは紙幣で厚く膨らんでいた。そこからのぞいた護り札に目をとめて、賀川はふんと鼻を鳴らした。今夜はいつにもましてついていた。賭けかるたで大勝したのだ。悪霊やまじないのたぐいをまったく信じないというわけではなかったが、たかが呪いなどに自分の強運が打ち負かされるとは思えなかった。このまま息子に死なれるのはじつに厄介だが、そのときはそのときだ。運を天に任せて、手当たり次第に新たな子を求めればよいだけのことだ。いずれ強運の星は、自分に味方してくれるに違いない。それにはまず、「早々にしかるべき血筋の女を探しておかねば、な……」

そこまで考えたところで、賀川はふと鼻をかすめた異臭に顔をしかめた。車内に薄い靄《もや》がかかっている。ほんのかすかな異変だった。が、そのことに気づいたとたん、奇妙に心地が悪くなってきた。気持ちの悪い汗が、つとこめかみを伝った。

「おい」と、賀川は運転手に声をかけた。返事がない。賀川は主人をないがしろにする使用人に腹を立てながら怒鳴り声をあげた。

「おいというのが聞こえんのか」

身をのりだしかけたところでしかし、賀川はぎょっとして動きを止めた。助手席で眠りこけている抱えの運転手の姿が目に入ったからである。賀川は運転席のほうを直視できないまま、元いた場所に座り直した。手さぐりで紙入れのなかから抜き出した護り札を、隠しのなかで強く握り締めた。

怪異はそんな賀川を文字通りに嘲笑《あざわら》った。車内の空気を震わせて高笑いが起こった。ありえないことに、複数の人間の声音を混在させて。声は這い寄るようにして賀川に近づいてきた。何に触れられているわけでもないのに、身体に感じる圧迫がだんだん強くなる。

突然、タイヤを軋《きし》ませて自動車が急停車した。いつの間にか窓の外は真っ暗になっている。恐怖のあまりがたがたと震えだした賀川の視界の隅で、運転席に座ったモノが、ゆっくりとこうべをめぐらせた。賀川はそこに、底なしの闇を見た。

これは鬼だ。そう悟った瞬間、頸部《けいぶ》に恐ろしい力が加わった。人ならざる手で首を締め上げられながら、賀川は声にならない悲鳴を上げた。鬼の爪がのどに食い込み皮膚を破る——そう思ったのが最後だった。賀川は失禁し、極限の恐怖とともに闇に呑まれた。


四月十一日、早朝。

賀川は農道の真ん中で、作業に出てきた農夫によって発見された。ほどなく意識を取り戻したものの、土気色《つちけ》の顔に歯の根もあわないありさまで、まともに口がきけるようになるまでにはたっぷり半日の時間が必要だった。夜見坂がふたたび賀川の邸に呼びつけられたのは、その日の夕方のことである。

賀川は、豪華な寝台のなかから夜見坂を迎えた。普段の精彩をすっかり欠いた彼は、寝室に入ってきた夜見坂の姿をみとめると、憔悴《しょうすい》しきった顔を安堵《あんど》にほころばせた。らしくもないことである。

「危うく鬼に命を取られるところだった」

「そのようで」

「しかし護り札のおかげで命拾いをした。同じ札のおかげで息子のほうも、まだどうにか死なずに済んでいると聞く。今回の件で、おまえが有能なまじない屋であることはよくわかった。このうえは、早急に事態に収拾をつけてもらいたい。賀川の家にとり憑いた悪霊を祓《はら》ってくれ」

「そのことなんですが。できないわけではありませんが、思いのほか諸々の費用がかさみそうなんです。お支払いのほうは大丈夫でしょうか」

「いくらだ」

「きっかり千円」

米百俵分に相当する夜見坂の言い値に、賀川はギロリと目を剝《む》いた。

「高い」

「そうでしょうか。脅すわけじゃないですけど、たぶん、次はありませんよ。千円で命が買えるなら、ずいぶん安い買い物だと思いますけど」

しぶる賀川に、夜見坂は面倒そうに言い捨てた。が、愛想のないことはなはだしい夜見坂の態度は、かえって賀川を不安にした。腹が煮えたが、どうしようもなかった。選ぶべき道はどう考えてもひとつきりしかなかったからである。心中でひそかに屈辱をかみしめながら、賀川はうめいた。

「……わかった。いますぐ小切手を切ろう」

「承りました。現金を受け取り次第、方策を手配します。じきに災いは去り、ご子息の病気もすみやかな回復をみられるでしょう。ただし、ご子息と彼の世話係の手伝いの方には、いまだ悪霊の邪気が残留しています。それが抜けきるまで、最低十年。『違《たが》え』の作法に従って、おふたりを別所に遠ざけられますように。その間、両者との交流は禁忌《きんき》とお心得ください」

賀川は何か言いかけたが、やがて瞑目《めいもく》し、ため息まじりに夜見坂の要求を受け入れた。意力も気力もほとほと萎《な》えた体で訊いた。

「それで？　結局のところ、賀川家の男子を呪ったのは何者だったのだ」

「それは……男爵様ご自身がいちばんよくご存じなのではありませんか？　世間ではめずらしくもないこと……名もなき人々の怨恨を受けて災厄に見舞われることは、ご身分の高い方々にはわりによくあることですから。よほど謙虚に心清く生きられることが、どなた様にも肝要のことかと存じます」

3

五月の明るい陽射しのなか、賀川千尋はすっきりとした洋装であらわれた。

駅前の停留所に着いたばかりのバスから降りてきた彼の様子は潑剌《はつらつ》として、病の気配はもうみじんも感じられなかった。車両溜まりの柵の前で彼を待っていた夜見坂は、通りを横切ってきた千尋に軽く頭を下げた。

「おひさしぶりです。最近、復学されたそうですね。どうですか？　学校のほうは」

「これはまた、ずいぶんと落ち着いたごあいさつだね。まるで保護者みたいな言いぐさだ」

千尋は苦笑しながら、抱えた荷物をゆすり上げた。ふたりはそのまま駅舎に向かって歩き出した。往来に沿って並ぶ小店に視線を遣りながら、ふと千尋が口を開いた。

「しかし、きみはまったく、ただ者じゃあないな。なぜわかったんだ。僕が服毒と解毒《げどく》を繰り返して呪われたふりをしていること」

「本箱がヒントのひとつになりました。千尋さん、学校での専攻は医科なんですね」

「用心のために、毒薬や薬草に関する書籍はぜんぶ焼き捨てておいたのだけどね」

「どうせなら本箱ごと処分してしまうべきでしたよ。あれじゃあ、理学の心得がある人間だってまるわかりです。でも、決め手になったのはそのことじゃありません。あなたの部屋に満ちていた悪気を手掛かりにしたんです」

「悪気？」

「暗い情熱。でなきゃ、殺意……ってところかな。とにかく、人生をはかなんでおとなしく死んでいくような人の部屋じゃなかったってことです」

「殺意か。確かにあのときの僕は、父に対する復讐《ふくしゅう》心だけを拠《よ》り所にして生きていた」

「計画自体は悪くなかったですよ。不穏な人形でまわりの人間に賀川家の男が呪われていることを印象づけておけば、突然賀川氏が死亡しても、なんとなく納得されてしまったに違いありません。そのあと手を下したあなたが自死してしまえば、事件は自動的に迷宮入りです。なにしろ犯人がこの世にいないんじゃあ、どうしようもありませんものね。あとには何者かの呪いが成就して、賀川家の男性がふたり呪殺されたという事実だけが残る。

　あの日——四月十日の夜です。あなたはこっそりと離れを抜け出して、会合帰りの賀川氏を襲い、殺害するつもりだったんですね。そして事後、予定通りに呪い殺される——自殺するつもりだったんでしょう？」

「そう……その仕事を片づけるための体力を回復させている最中に、きみが来た」

「道理で。初めてお目にかかったとき、話に聞くよりは元気そうだな、って思ったんです。だけどうまくやりましたね。医者があなたの狂言を見抜けなかったのも無理ないや。呪いにかこつけて自ら進んで毒を飲む人がいるなんて、誰も信じないでしょうから。

　それにしても、自分の身体を使った毒薬実験なんて、ずいぶんきわどい真似《まね》をされましたね。凄い度胸だ。それまで酒で地味に鬱屈《うっくつ》を晴らしていた、同じ人物とは思えませんね」

「ともあれ、きみのせいで僕はあの男を殺し損ねた。きみのほうでうまく細工して、それなりに懲《こ》らしめてはくれたようだけれど。しかしきみ、いったいどんな手を使ったんだい？　あの威力の塊みたいな男をあそこまで震え上がらせるなんて、いずれまともなやり方じゃなさそうだな」

　しきりに感心する千尋に水を向けられて、夜見坂は足下の小石をこつんと蹴《け》とばした。

「何にでも、その道の専門家がいるものです。だけど今回はそっちにかなりの費用を持っていかれたから、つまりませんでしたよ」

「なるほど。外注したということか。しかしまじない屋というのは顔が広いものだね。世の中にはそんな奇妙な商売もあるのか」

「ええ。おおよそ人が求めるものなら、なんでも」

「おかげで僕の計画した完全犯罪は、まんまと頓挫《とんざ》させられたというわけだ」

「完全犯罪ですって？」

夜見坂がおかしそうに笑った。

「あれは完全犯罪なんかじゃありませんでしたよ。だってあなたが死んでも、たえさんが残されるじゃないですか。犯罪にかかわった人間が抱えていかなければならない秘密の重さが、完全に消えることなんてありえません」

夜見坂の言いように、千尋は眉をひそめた。

「誤解のないように言っておくが、たえは僕の計画には一切関与していないよ」

「ええ、彼女は何も手伝わなかったんでしょうね。あなたがそれを許さなかった。当然です。そんなことをしたら、彼女に無用の重荷を背負わせることになりますからね。四月十日当夜も、あなたはきっと、彼女を犯行予定現場から遠ざける算段をしていたんでしょうね。でも、彼女はよく知っていたんだ。あなたがしようとしていることを。だけど、なぜ？　賀川氏殺害を手伝わせるつもりもないのに？　あなたほど周到な人なら、お手伝いさんに気取《けど》られたりせず、ひとりで粛々《しゅくしゅく》とことを進められたはずです」

「何か、へまでもやらかしたかな」

「べつにしらばくれることはないです。彼女こそがあなたを犯罪に向かわせた動機なんでしょう？　美人のために命を捨てようだなんて、恐ろしくロマンチックじゃないですか。それ、若気の至りってやつですか？」

真顔で訊《たず》ねられて、千尋は顔を赤くした。

「きみ、いったい幾《いく》つだ。年上の人間をそんなふうにからかうものじゃないよ」

「からかっているわけじゃありません。知りたいだけです。彼女の何が、あなたに殺人を決意させたのか」

「いまさらだね。そんなこと、それこそどうでもいいことじゃないか。『きみの働きのおかげで呪いは封じられ、僕は命拾いした』。ほんとうにね、文字通りに命を取り戻した気分なんだよ。きみのおかげで当座、父の影響下から解放されることになって、僕はやっと息ができるようになった。あらためて礼を言うよ。きみはたいしたまじない屋だ」

千尋の褒め言葉に、しかし夜見坂は心外そうに口をとがらせた。

「そういう呼び方はやめてください。おれには金物屋というれっきとした本業があるんですから」

駅の構内には、いがらっぽい煙とクレオソート油の匂いが満ちていた。水野《みずの》たえは待合室の長椅子に大儀そうに腰かけると、大きく息をついた。見上げた掛け時計が午前十時直前をさしている。もうじき、王都行きの汽車が来る。

いまたえは、十二の頃から仕えた賀川の邸を去ろうとしていた。とはいえ、すでに故郷に居場所を持たないたえに、どこに行くあてがあるというわけではなかった。とりあえず賀川の邸を出ることになった千尋に、これまでと同様に勤めてほしいと望まれたが、断った。ひとまず王都に出て、たつきの道を求めてみるつもりだった。

借金を棒引きにしてもらったうえ、自分の持ち物のほとんど――それには亡母の形見《かたみ》の品まで含まれていた――を売ってまでまとまった金を用意してくれた千尋の厚意に、これ以上甘えたくなかった。このさい、良いことも悪いことも、過去のしがらみはできる限り捨ててしまいたかった。今日を限りにもう、後ろは見ないと決めたからだ。

たえは銘仙《めいせん》の膝に咲いた梔子《くちなし》の花に視線を落とした。一瞬、六年間の邸勤めがぜんぶまぼろしだったかのような錯覚にとらわれた。

過去というものはずいぶんと夢に似ているものだと思いながら、たえは目を閉じた。

邸仕えの生活はたえにとって、苦行そのものだった。とはいえ、朝が早く夜が遅いことや、その間ずっとこき使われることなどは、何ほどのことでもなかった。故郷にいた頃から貧しくて、仕事ばかりが多い暮らしをしていたのだから、休む暇もなくたち働くことはほとんど習い性になってもいた。我慢できなかったのは仕事ではなく、主人の賀川だった。

彼は野蛮な人間だった。名士の衣装を着こんだ卑劣漢《ひれつかん》。十六をすぎた頃から、しつこくつきまとわれるようになった。手前勝手な欲望を隠そうともしない主人は、たえにとって脅威そのものだった。といって、手伝い勤めを辞めるわけにはいかなかった。故郷の両親がすでに十年分の給金を前金で受け取っていたからだ。思い余って姉手伝いに相談してみても、おざなりに同情されるだけだった。

「きれいなお顔は財産だって言うけれども、あたしらみたいな貧乏人にはあてはまらないことだね。下衆《げす》な主人には自分で気をつけて、うまくあしらうしかないよ。お給金をいただいている主人に逆らえる使用人なんて、どこにもいないんだからね」

以降、たえは主人の挙動に絶えずびくびくするはめになった。主人を避けるためにたえにできることは少なく、気の休まる暇もなかった。しかしそんな苦労も、十八の冬にあっさりふいになった。病時の寝こみを襲われたのだった。力ずくの相手にかなうはずもなく、どうすることもできなかった。そうして、時間だけが過ぎていった。

その日、千尋の部屋に食事を運んでいったたえは、めずらしく千尋が素面《しらふ》でいることに気がついた。彼はテーブルの上を調えるたえを静かに眺めていた。たえのほうは、千尋のまなざしを意識しながら、身体の震えをおさえるのに必死だった。千尋の視線が恐ろしかった。あの日から、たえは男の目を恐れるようになっていた。

「たえ、ふじに聞いたんだが。こんど、半月ほどの暇を取るそうだね」

「はい。田舎の母親の具合があまり良くないのです」

「そうか。僕はてっきり、きみ自身の具合が良くないんじゃないかと心配していたんだが」

「そんなこと……」

「きみ、最近、顔色が良くなかったし、裏庭で吐いていただろう？　ときどき」

言われたとたん、頰《ほお》が火のように熱くなり、頭のなかが真っ白になった。そんなたえのうろたえぶりに、かえって千尋の顔色が変わった。

「まさか、きみ……」

言いかけた千尋の口許が強張《こわば》ったのは、たえがひた隠しにしてきた真実を察したために違いなかった。たえは、恥ずかしさに息が詰まりそうになった。それなのに奇妙なことだった。秘密が明かされたとたん、同時に心の奥でずっと冷たく凝っていたものがふっと緩んで、あたたかく溶けていくような気がした。この人は自分を理解してくれるのではないか。そんなふうに根拠のかけらもない期待にとらわれたのは、自分でも思いがけないことだった。

気づいたときには、泣きながら仇《かたき》の名を明かしていた。本来なら口にすべきではない、主人の名を。

父親の犯罪を知らされた千尋は、しばらく呆然《ぼうぜん》としたまま、身動きもせずにいた。が、やがて歯ぎしりするようにして、わずかな言葉をしぼり出した。怖くなるほど暗い声だった。

「あいつに……乱暴された……のか」

たえはぽたぽたと涙をこぼしながらうなずいた。

「それで、暇を取りたいなんて言ったのか。母親が病気なんて嘘だったんだな。主人に手出しをされて身を持ち崩す女性の話は、いくらも聞いたことがある。彼女たちは子供を抱えて路頭に迷うか、人にうとまれながらずっとつらい仕事に身をゆだねるか。どちらにせよ、主人に傷つけられた若い娘の行き先は悲惨《ひさん》なものだ。なのに、きみはひとりで――」

「でも、千尋様には関係のないことです」

すばやく盆を抱えて引き下がろうとしたたえの腕を、千尋がつかんだ。

「いや、まるで関係がないというわけでもないさ。僕の母も、やはり父に虐待された使用人だったんだからね。言ってみれば、僕はきみの腹のなかの子と同じような立場だ。いつか母の婆《ばあ》やが教えてくれたよ。母は士族の出らしく、売り食い生活の果てに父親に妾としてたたき売られたんだそうだ。美人だからこその僥倖《ぎょうこう》だとまわりの人間からは羨《うらや》まれたそうだけれど……母がしあわせだったなんて、誰にも言わせない」

たえは不安になって千尋の顔を見上げた。

「あの男はね、母を感情のはけ口として囲ったんだ。うかつに粗雑に扱えない本妻にはできないことをできるモノ――母は、あいつの人形だった。人を金で買うというのはそういうことだ。物心がついたときから、僕はあの男を心底憎悪してきた。このさいだ、あいつを殺して僕もこの世から消えることにするよ。ちょうど、あの男の言いなりになって生きるくらいなら死んだほうがましだと考えていたところだったからね」

「いけません、命を粗末にされては。子供のことはこちらで何とかいたします。ですから……」

「ねえ、どうだろう。どうせ持て余していた命だったんだ。ここはひとつ、有効に使おうじゃないか。きみにこの家の財産をそっくり遺してあげよう。けっして金で済ませられることと思っているわけじゃないが、この先、あって困るものでもないだろう？　きみはただ、ことが終わったあとに証言するだけでいい。腹のなかの子は、確かに僕の子だとね。きちんと書き置きを残しておくよ。たとえ生まれたのが女子でも、それなりのものがきみの手に入るようにしておく」

たえは千尋の語る恐ろしい計画に、生きた心地もせずに首を振った。

「いただけません、そんなお金」

「勘違いしないでくれ。きみのためにやるんじゃない。これは僕とあの男との問題だ。ものついでに、きみに謝罪代わりの金を遺してやろうと言っているだけでね。心配するな。きみには何の罪も落ち度もない。だからただ、黙って成り行きを眺めていればいいんだ」

あのとき。思いつめたような千尋の瞳の奥を、たえは魅入《みい》られたようにのぞき込んでいた。強くて、真っ直ぐで、とてもきれいな目だと思った。だから、少しも怖くなかった。

——わたしの、この子は……。

たえは、自分の腹部にそっと手を触れた。

——とてもきたない人の子。だけど。とてもきれいな人の弟妹《きょうだい》でもある。

たえはゆっくりと目を開いた。瞬間、過去は醒《さ》めた夢のように消え失せて、現実の風景が眼前に戻ってきた。

空気を裂いて警笛が鳴り響いた。汽車が轟音《ごうおん》を伴ってホームに滑り込んできた。

「たえさん！」

ホームの端から投げかけられた声に、たえは弾《はじ》かれたように立ち上がった。小さな風呂敷包みを提げたまじない屋の少年が、大きく手を振っている。その後ろに立っているのは、片手に大きな紙袋を抱えた千尋だった。

「おふたりとも、わざわざ見送りに来てくださって……」

言葉を詰まらせたたえに、千尋はつかつかと近づいてきて紙袋を差し出した。受け取るとずしりと重い。ちょうど目の高さになった紙袋の口からは煎餅《せんべい》の包みや、林檎《りんご》や、ビスケットの箱や、ソーダ瓶の口がにぎやかに顔をのぞかせていた。

たえは思わず明るい笑い声をたてた。

「まあ、こんなにたくさん」

「きみが、何を好きかわからなかったから」

決まり悪そうにそっぽをむいた千尋に、夜見坂がたたみかけた。

「ほんとに、迷惑ですよね。旅行者相手にこんなにかさばるものを持ってくるなんて。千尋さんって、センスなさすぎです」

言って、夜見坂は手にした風呂敷包みをたえに差し出した。見かけだけは小さいものの、手に取るとやはり、どっしりと重い。

「おれからの餞別《せんべつ》です。最新式の弁当箱。なんと、朝炊いたごはんが半日たってもまだ温かいっていうすぐれものなんです。中身は早起きしておれが作りました。お昼にでもあがってください」

発車を告げるベルが鳴った。すでに汽車に乗り込んだたえが、全開にした窓の向こうから何度も頭を下げた。ベルが鳴りやむ。車窓がゆっくりと横滑りしはじめる。その動きにつり込まれるようにして、それまでだんまりを決め込んでいた千尋が早足に汽車の窓辺に歩み寄った。急《せ》きこみながら口を切った。

「たえ、僕がこんなことを言うのはおかしいかもしれないが、子供のことはきみの思うようにするのがいちばんいいと思う。どういう選択をしたとしても、きみを責められる人間なんてどこにもいないんだから。それからもし、行き先で困るようなことがあったら……迷わずに僕を頼ってほしい」

動き出した汽車の窓枠を片手につかんだまま次第に足を早める千尋に、たえは泣きだしそうな笑顔を向けた。

「わかっています。大丈夫です。わたし、こう見えてずいぶん強い女ですから。それより、千尋様。お体にはくれぐれもお気をつけて。もう二度と死んでもいいなんて――」

「言わないよ」

千尋の答えに、たえはにっこりと微笑んだ。

とたんに千尋の足下でホームが途切れた。

速度を増していく汽車が、ホームの端に立った千尋の髪や衣服を激しくあおった。客車の列が流れるように遠ざかる。たえの笑顔を縁取った車窓もじきに、風に押し流されるようにして見えなくなった。

列車の最後尾に連結されたデッキの影が線路の向こうに消えてしまったあとも、千尋はずいぶん長い間そこに立って、ぼんやりとしたままでいた。そんな千尋のとなりに、ズボンのポケットに両手を突っ込んだ夜見坂が並んで立った。

「……ひょっとして、好きだったんですか？　彼女のこと。恋的に」

ずばりと訊ねられて、千尋は苦笑した。

「さあ。自分でもよくわからない」

「ふうん。だけど大丈夫ですよ。いずれ……そうだな、あと二、三年もたてば、無駄にシリアスだった自分を、うすら恥ずかしく思い出すことができるようになりますから」

しれっと励まされて、千尋は思わず夜見坂の顔を見た。まさにそこに妖怪を見出した人のような顔つきで。

千尋は訊いた。

「夜見坂君。きみって人は……このさい、正直に言ってくれ。ほんとうの齢《とし》は、いったい幾つなんだ?」

迷信

1

灰色のリノリウムの床が、電燈の光を鈍く反射していた。

室内にはうっすらとしたアルコールの匂いと、さらに雑多な薬品の気配が常在している。独特の臭気は壁にも天井にもキャビネットにも頑固にしみついて、あたりを影のような陰《いん》鬱《うつ》さで覆っていた。

等間隔に設《しつら》えられた金属製の長卓に、青白い照明が映りこんでいる。整然と並んだ銀色の矩形《くけい》。そのうちのひとつを半円状に取り囲んでいるのは、十人あまりの学生たちである。台の上に載っているのは、浜辺に打ちあげられた大型深海魚を思わせる、どっしりとした肌色のかたまり——人体の、精巧なレプリカだ。

医学校の実習室である。学生たちは一様に、おもてに硬い表情を貼りつけていた。そのなかほどに立って講義を続ける教官の声だけが、ほかに物音とてない教室に明瞭《めいりよう》に反響していた。

「……上腹部、背部、それから肩」

教師は手にしたマーカーで、人形の腹から背中にかけての広い範囲にしるしをつけていきながら――だしぬけに、目の前の学生に質問した。

「患者は極度の疼痛《とうつう》を訴えているものとする。嘔吐《おうと》。激しい発汗。顔面蒼白。さあきみ、どうする？」

不意に問われた学生は戸惑《とまど》いの表情もあらわに、人形の上に視線をさまよわせた。まごまごしながら、それでもどうにか答えをひねり出した。

「鎮痛剤を……モルヒネを投与してとりあえず落ち着かせてから……それから、痛みの原因を――」

言いさしたところで叱責《しっせき》が飛んだ。

「だめだ！　なぜすぐに判断できない。これは重篤な急性すい炎の症状だ。モルヒネなんぞ使ったら患者は死ぬぞ」

教官はさっと学生の一団を見まわして、今度は別の生徒を指さした。

「ではきみ、急性すい炎の最初の処置は」

「輸液《ゆえき》をして、血圧を確保することです」

「よろしい」

教官はかすかにうなずくと、いつもの冷静な口調に戻って言った。

「もっとも、手がかりを与えられてから下した判断に、評価は与えられないが」

くだんの学生はしゅんとしたが、教師は辛辣《しんらつ》だった。

「きみたちは無知だ。であればこそ、まずは知識を得ることに専念しなければならない。教科書の隅から隅まで目を通せ。そして一字一句、残らず頭にたたき込め。前提として必要な知識がなければ話にもならん。次の授業までにこれまでに扱ったぜんぶのケースと、その対応方法を頭に入れてくること。ランダムに質疑して成績評価の資料とするから、そのつもりで。落第を望まないならしっかりと勉強してくるように。それでは、本日はここまでとする」

急に顔色を悪くした生徒たちに構うことなく、教官はいかにも平然と言い捨てた。非情な宣告者。学生たちは、かつかつと靴音を鳴らして遠ざかる彼の背中を、なすすべもなく見送った。

かくして、彼らは唐突に審判の日を目前に控えることになった。青ざめた学生たちの頭上に終末の天使が吹き鳴らすラッパの音が絶望的に響きわたった。終課を告げる鐘の音であった。

「次回の黒崎《くろさき》教官の講義って、来週の水曜だったな、確か」

憂鬱《ゆううつ》を絵に描いたような表情で、吉浦《よしうら》が言った。ぞろぞろと教室を出ていく同じ班の学生たちの姿を横目に見ながら、重たいため息を何度もついている。

「水曜までに、なるたけ頭に詰め込むしかないな。教科書の中身を」

あっさりと返した千尋《ちひろ》を、吉浦は泣きだしそうな顔で見上げた。

「それができたら苦労はないよ。ああ、この教科書の厚みときたら！　活字の細かさときたら！　なあ、賀川《かがわ》。教官はほんとうにこれを一字一句、暗記しているんだろうか。俺にはとても信じられん」

「しているんじゃないか。黒崎教官は、論理を擬人化したみたいな人だからな」

千尋の答えに、吉浦は叫び声をあげた。

「ミスター・ロジック！　人間離れした人間！」

吉浦が愚痴《ぐち》ったり嘆いたりしているうちに、教室はたちまち空になってしまった。皆、寸暇《すんか》を惜しんで勉強に励むつもりなのだ。最後に残された千尋と吉浦も、やがてそそくさと教室を出た。

すると、とっくに引きあげたはずの黒崎がまだそこにいた。

廊下の先で、羽織《はおり》姿の婦人にとり縋《すが》られている。婦人は、黒崎にしきりに何ごとかを訴えている様子だった。一方、言い寄られている当の黒崎は、彼女に対して嫌悪感をあからさまにしていた。

婦人は上等の着物を身に着けていた。地味な色柄だったが、品物が良いことは遠目にもよくわかった。身なりの良い、しかし、どこか尋常ではない様子の中年の婦人。

吉浦と並んで校舎の出口に向かおうとした千尋の耳に、聞くともなく彼女の声がながれこんできた。

「お願いします。退院の許可をください」

それに答える黒崎の声は、講義をしているときと少しも変わらないほど冷静だった。

「お嬢さんはいま、生死の瀬戸際にあります。幼い病身にそんな無茶をさせたら、とても生きてはいられないでしょう。こちらは治療に最善を尽くしています。失礼ですが、あなたは医学に関してまったくの素人《しろうと》だ。ならば無知な人間らしく、専門家のやり方に黙って従うべきなのではありませんか」

「医学についてわたしが素人だということは重々承知しております。だけど、あの子はちっともよくならないじゃありませんか。だったら他の方法を試して何がいけないんですか」

しかし婦人の必死の訴えに、黒崎は冷笑をもって応じただけだった。

「他の方法？　その方法というのが、まじないだというのだから笑わせる。迷妄もいいところだ。あんなものに頼ったところで、害になりこそすれ、何の役にも立ちゃしませんよ」

黒崎は、肘《ひじ》に掛けられた婦人の手を振り払った。

「とにかく退院は許可できません。迷信をむやみに信じる愚かな母親に、みすみす子供を殺させるわけにはいきませんからね」

半ば恫喝《どうかつ》するような口調で諫《いさ》められた婦人は、怯《おび》えたように身を強張《こわば》らせた。にべもなく黒崎に突き放された彼女は、すっかりうちしおれて、よろけるようにして校舎を出て行った。

少し離れた場所から、千尋と一緒にことの成り行きを眺めていた吉浦が言った。

「かっこいいね、黒崎教官。俺もあんなふうな自信家になりたいよ」

「だけどあの女性、可哀《かわい》そうだったな。教官も、何もあんなきつい言い方をしなくてもいいのに」

「頑固な迷信家には、あのくらいはっきり言わないとわからないんだよ。この国には、まだまだ教育というものが行き届いていないからね。迷信や流言がほとんど事実並みに信じられている。田舎ばかりか王都のような都市部にさえ、そういう人間はざらにいるんだ。たとえば、賀川、きみはおとといの新聞を見たかい？　墓あばきの犯人が捕まったんだが、そいつが自白した動機ってのが傑作なんだ」

「知らないな。何だったんだ？　まさか、手術の練習台にするつもりだったなんてはずもなかろうし、ふつうの人間に死体の使い途《みち》があるとはちょっと想像しにくいな」

「それが、あるんだな。なんでも、薬にするためだったらしいぜ」

「薬？　何の」

千尋は眉をひそめた。掘り返した死体の何かが生きている人間の健康に貢献できるとは、にわかに信じがたかった。

「肺病のだよ。同じく肺病で亡くなった死人を一月後に掘り返して、その肝を焼いて丸薬《がんやく》にして飲むと病が治るっていう……」

「いったいどういう理屈なんだ？　それは」

盗んだ死体から薬を作る、という発想のいかがわしさに顔をしかめた千尋に、吉浦が言った。

「理屈なんか、あるようでないのが迷信ってものだろ？　ほら、ミイラが万病に効くって巷《ちまた》で信じられているのと似たようなことじゃないのか？　高価な舶来品《はくらいひん》。手に入りにくいほど、効き目があるような気がする。ああ、象の糞《ふん》が淋病《りんびょう》に効くなんてのも聞いたことがあるな。いわゆる、連想の産物なんだろうな。珍品が秘めた魔力。力あるものにあやかれるような……錯覚？」

「オカルトだな。それは」

「そう、まさにオカルトだ。だから我々、科学者が知識の光で、民衆の迷妄の闇を照らしてやらねばならんのじゃないか」

「知識の光か」

吉浦の大上段《だいじょうだん》にかまえた言いぐさに、千尋は苦笑した。

「それじゃあ、せいぜい頑張って勉強しないとな。今年は、お互いに落第しないで済むように」

「うん、そのつもりだ。幸か不幸かいまのところ、俺の心を怪しくかき乱す魅惑《みわく》の女性もいないことだし。どうにか進級してみせるさ」

真面目《まじめ》な顔をして、ついでに大袈裟《おおげさ》に胸を張ってみせた吉浦の進級を、しかし千尋は内心では大いに危ぶんでいた。

吉浦は恋愛体質だ。恋をすると眼球に薔薇《ばら》色の膜がかかって、視野狭窄《しやきょうさく》を起こす。その結果、学生としての本分が放棄されることもしばしばだった。

ベクトルは真逆ながら、吉浦と似たような理由で同じく一年留年した自分に、彼の問題をとやかく言う資格があるのかどうかということは別にして、千尋は吉浦の将来をはなはだ心許《こころもと》なく感じていた。

帰り道が逆方向の吉浦とは、学校の門前で別れた。吉浦の、少し猫背になった後ろ姿が遠ざかっていくのを遠目に見ながら、千尋は何にともなく、彼がこの先むやみに魅惑の女性なるものに出会ったりしないことを願った。少なくとも、彼が無事に最終試験を終えて、医者の免状を手にするまでのあいだは。

千尋は毎日の通学にバスを利用していた。停留所は、学校の門を出てから四、五百メートルほどの距離にある。鈴懸《すずかけ》の並木に沿ってのびた歩道を、千尋はいつものようにバス乗り場に向かって歩いていた。

その道の、ほんの十数メートルほど先に、千尋は彼女の姿を見つけた。着物の色柄と鼈《べっ》甲《こう》の櫛《くし》でつくった纏《まと》め髪に、見覚えがあった。たったいま、黒崎教官に娘の退院を許可してほしいと泣きついていた婦人に違いなかった。

といって、何人もいる通行人のなかで特に彼女の姿に目が向いたのは、彼女の身なりがことさらに印象に残っていたためではなかった。

彼女の異様な足の遅さが、千尋の注意を引いたのだ。

ともあれ、草履《ぞうり》履きの足を引きずるようにして、婦人は前へ進んでいた。しかし、ただでさえ遅い歩みは見る間に速度を減じていき、しまいにはほとんど止まったようになってしまった。

あとから来た通行人が、次々に彼女を追い抜いて行く。千尋もそうしかけて——ぎょっとして足を止めた。

視野の片隅に入った婦人の顔の色が、病人のように真っ青だったからである。

「大丈夫、ですか」

思わず声をかけたとたん、婦人の血の気のない頬《ほお》をつっと涙が伝った。乾いた唇を細い嗚咽《おえつ》が割り、薄い肩が大きく波を打った。婦人はこらえきれないといったふうにしゃくり上げ——ついには堰《せき》を切ったように泣きだした。

道行く人々が一斉に彼女と、それから千尋に注目した。千尋はあわてた。弁解の余地もない。彼女が泣いたのは、確かに自分が声をかけたせいだったからだ。

「あの、よろしければ少し……歩きませんか」

現状を切り抜けるための千尋の精いっぱいの申し出に、婦人は涙をこぼしながらうなずいた。

医学校と、それに付属する病院の敷地を取り囲む歩道を、ぐるぐると何周も歩き続けた末に、婦人はようやく落ち着きを取り戻した。

「すみません。ご迷惑をおかけしました。何もかもうまくいかないことだらけで、わたし、ほんとうに、とんだ失礼を……」

しきりにハンカチで涙を拭いながら、婦人は千尋に謝った。予期せぬ成り行きに戸惑いながらも、千尋はとりあえず婦人の顔色を確かめた。ハンカチを握り締めた手も、それが押しつけられた頬も青白くかさついて、すっかり生気が抜け落ちてしまっているように見えた。いくら身なりは上品に整えられていても、その憔悴《しょうすい》ぶりばかりは隠しようもない。詳しい事情を質《ただ》すまでもなかった。彼女の容貌《ようぼう》は、相当に追いつめられた精神を正直に反映していた。

千尋は黒崎に冷たくあしらわれていた彼女を思い出して、どうにもいたたまれない気持ちになった。じつのところ、窮地《きゅうち》に至ってまじないや迷信に縋ろうとする人の心境は、とてもよくわかった。割り切れない現実や感情をなんとか片づけようとするとき、冷静に手段を選んでいられるものではない。一応は科学と呼ばれる学問にたずさわっている千尋にしたところで、大切な人に厄災が降りかかったとき、実際的な手段がないからといって何もしないでいられるかと問われると、まったく自信がなかった。

「いいえ、無理もないです。小さい娘さんがご病気だというのでは」

千尋の返答に、婦人はぎくりとして顔を上げた。

「どうしてそのことを?」

「失礼ですが、さっき、学校の通路であなたのお姿をお見かけして……その、話が聞こえたものですから」

「じゃあ、あなたはあそこの学生さん……」

つぶやく声から急に力が抜けたようになって、婦人は千尋から顔を背けた。

「では、あなたも思っているのでしょうね。ものの道理をわきまえない馬鹿《ばか》な女だって。ですけど、わたしは娘のことをこのまま諦めたくはないんです。あの子はやっと、五歳になったばかり。ついに夫を持つことのなかったわたしの、養女になってくれた子なんです。縁あって、当家のような呪われた家に来てくれた子です――このまま死なせてたまるものですか」

「呪われた家？」

思わず聞き返した千尋に、女性は自嘲《じちょう》めいた笑みを作ってみせた。

「非現実的な言いようだとお思いでしょうね？　でもほんとうなんです。わたしの継いだ家には、悪い幽霊が棲《す》みついているんですよ。子孫の繁栄しない家。子供の生まれない家。悪霊に祟《たた》られているからです。わたしと娘がそうであるのと同様に、わたしと母とは血が繋がっておりません。わたしも養女なんです。血縁関係のない、女ばかりの寄り合い所帯ですけれど、これまでどうにか大過《たいか》なくやってきました。そう、地元のまじない屋にお祀《まつ》りをしてもらっていたあいだは。ところが、その方が引退されたとたんにこんなことになって——悪霊のことは、ずっと考えないようにしていました。でも、こうなってみると、いろいろなことが祟りに関係しているように思えるのです。わたしが実子を持てなかったのも、養女が得体の知れない病気にかかったのも、桐山《きりやま》の家にとり憑《つ》いた悪霊のせいなんじゃないか、って」

千尋は、婦人の話をしばらく黙って聞いていた。しかし、やがて心にうかんだ懸念《けねん》を口にせずにはいられなかった。

「ですが、まじないに頼ると言ったって……まじない屋が、娘さんを助けるための具体的な方策を持っていたりするものでしょうか。それも、医者さえてこずっている病気に——申し訳ありませんが、退院に関しては僕も教官と同じ意見です。まじないの力をそこまで信じることはできない」

しかし、婦人はきっぱりと言い切った。

「いいえ、わたしは信じます。他の誰が信じなくても。手術や薬のような確からしい手段だけを方法とみなすなら、なるほどまじないは方法とはいえないでしょう。ですが、まじない屋は、医者が扱うのとは別の方法を知っているかもしれない。少なくとも試してみないうちは、何もできないなんて言いきれないじゃないですか。まじないは、いまのわたしに残された最後の希望なんです」

　ひととき言葉を荒らげた婦人は、やがておもねるような微笑をうかべた。

「わかっています。あなた方がおっしゃることももっともだって。そもそも、真っ先に医薬の力を頼ったからこそ、高名なお医者様のいらっしゃる医学校病院にあの子を入院させたのですものね。そうして、治療費には糸目をつけず、お医者様にはできるだけのことをしていただきました。それなのに、あの子の病状は悪化するばかり。やはり娘の病気の原因は、我が家にとり憑いた悪霊にあるんです。だから、医薬が効かないんです。でも、まじないなら、あの子を助けられるかもしれない」

　思いつめたように言葉を連ねながら、婦人がおもてを伏せた。

「いずれにせよ、もう、人の力を超えたものに縋るしか道がないんです。重病の子供を病院から連れ出して神秘家《しんぴか》の手にゆだねようなんて、傍目《はため》には愚かな行為に映ることくらい、じゅうぶん承知しています。でも、そうすることの他に、何をどうしろっていうんです？」

　婦人の目からまた、はらはらと涙がこぼれだした。

　その姿があまりにふびんで、千尋はそれ以上彼女を追いつめるようなことが言えなくなった。あげくのはてに、立場上不適切かつ、おせっかい以外の何ものでもない言葉がつるりと口をついて出た。

「あの、このあと時間はおありでしょうか？」

婦人は、いぶかしむようなまなざしを千尋に向けた。

「じつは、そういったことに詳しい知り合いがいるんです。若いに似合わず頼りになる人で、僕も以前にずいぶん世話になりました。どうでしょう、彼に相談してみては」

2

千尋が来訪の意図《いと》を告げると、夜見坂《よみさか》はあからさまにがっかりした様子をみせた。

「なんだ、道具を買いに来てくれたんじゃないんですか。千尋さん、新生活をはじめたばかりだから、いいお客さんになってくれるんじゃないかと期待していたのに。ここのところ、どういうわけか売り上げがさっぱりなんです。石鹸《せっけん》やたわしなんかの消耗品がほそぼそと売れているくらいで」

小商《こあきな》いの店の主人らしい愚痴をこぼしながら、夜見坂は千尋と婦人を店の奥に通した。千尋は、夜見坂と婦人に続いて膝《ひざ》高の上がり框《がまち》の前で靴を脱いだ。廊下に上がると、靴下の足裏にひやりとなめらかな床が感じられた。何気なく見まわした通路は、少年のひとり暮らしとは思えないほど、入念に手入れされていた。

夜見坂はすぐ右手の襖《ふすま》を開けて、そこに千尋と婦人を案内した。居間兼寝室と思《おぼ》しき八畳間《じょうま》である。入ってすぐに目につくのは、正面に建てつけられた押し入れ襖だ。描かれているのは、黒と三毛、二匹の猫と子供の玩具《がんぐ》。めずらしい図案である。部屋の両側には、硝子《ガラス》障子と、紙障子が四枚ずつはめ込まれていた。それぞれが店と勝手の間仕切りになっているらしい。

室内にある家具は小ぶりの整理箪笥《だんす》と、さらにもうひと回り小さな茶箪笥と、慎ましくも古めかしい直径一メートルほどのちゃぶ台だけだった。

簡素にして質実。

そんなふうにすがすがしい室内で唯一異彩を放っているのが、茶箪笥の上に鎮座した電話機だった。場違いに政治的な空気を漂わせる黒いかたまり。権利料の支払いと店の売り上げのつりあいが、他人事ながらに心配になる。

夜見坂は部屋の片隅に積み上げてあった座布団を持ち出してきて、千尋と婦人に勧めた。千尋は謹《つつし》んで、厚さ三センチのあずき色の座布団の上に腰を落ち着けた。

店側の硝子障子は閉じられていたが、紙障子のほうは開け放しになっていた。そこから勝手の様子がよく見えた。三畳ほどの広さの板敷《いたじき》の向こうは土間になっており、その先はもう勝手口だ。流し場とコンロがひと並びになった一角に、午後の弱い光が射《さ》している。煤《すす》けた大柱に、火伏せのまじない札。煙出しを兼ねて壁面に大きく切り取られた窓には、流水もみじの短冊を垂らした風鈴が一鈴、吊《つ》るされていた。ただし硝子窓が閉じられているせいで風が通らないらしく、チリとも鳴らない。

どうやらこの建物のうちで居室と呼べるものは、この八畳間ひと部屋きりらしかった。

夜見坂はちゃぶ台の前に客を落ち着かせると、土間に降りてマッチを擦った。その火をコンロに移して、さらに土瓶をのせながら居間の客を振り返った。

「ところで皆さん、お茶はどんなのをお好みですか」


夜見坂の申し出に何でもいい、と答えたことを千尋はいまさらながらに後悔していた。目の前に置かれた湯呑みから立ち上る湯気は確かに白いが、茶色や鈍《にび》色の蒸気が上がっていてもおかしくないくらいの強烈な臭気である。そっとなかをのぞき込んでみると、真っ黒な液体が目に入った。

――なんだ、これは。

という顔つきをした千尋に、夜見坂は得意げに説明した。

「薬草茶です。ちょっと裏庭で栽培してみたんですが、思いがけず上々の仕上がりになりました。良い匂いでしょう？」

――これのどこが良い匂いなんだ？

すぐさま異論を差し挟みかけた千尋だったが、婦人は――桐山史子《ふみこ》は湯呑みを手に取ると、しみじみと夜見坂の言葉を肯《うけが》った。

「……ほんとうに、いい匂い」

そこで千尋は、のどもとまで出かかった苦情をそのまま腹のなかに押し戻した。

──一般的には好ましい匂いなのか……これが？

史子の薬草茶に対する好意的な反応を目の当《ま》たりにしながらも、なお拭いきれない疑惑を抱えたまま、千尋は再度、自分の湯呑みに視線を移した。

夜見坂はじっと湯呑みをのぞき込んでいる千尋に構うことなく、史子に事情の説明をうながした。


「ことの発端は半世紀近くもむかしのこと、まだ母が桐山家に嫁いできていなかった頃の出来事だと聞いております」

桐山家にまつわる祟りについて、史子はそんなふうに切り出した。

まるで世に知られた怪奇譚《かいきたん》を人に話して聞かせるときのような、それはどこか物慣れた語り口だった。

「当時、桐山家の跡取りだった青年──わたしの戸籍上の父にあたるその人には、熱烈に結婚を誓い合った咲江《さきえ》さんという恋人がありました。ところが、彼のふた親はこの縁談に猛反対をしました。理由は、両家の格が釣り合わないから――とはいえ、咲江さんの実家はけっして貧家というわけではありませんでした。稼業は醤油《しょうゆ》屋で、彼女自身も王都の女子高等師範学校を卒業した才媛《さいえん》、それなりのお家のお嬢さんだったそうです。問題はむしろ、咲江さんの側にではなくて、桐山家のほうにありました。抱えた富が莫大《ばくだい》すぎた――山上に立って、そこから見渡す限りの土地の所有者、という表現がけっして大袈裟ではないほどの大地主だったことが障害になったのです。

当時から比べるとずいぶん地所を減らしましたが、いまでもまだ、当家の財産はかなりのものです。つまり、桐山家は婚姻相手の家柄を極端に選ぶ家門だったのです。そんなふうに凄《すさ》まじい財産の唯一の相続人であった父はこのとき、重大な岐路に立たされました。大恋愛の末に手に入れた恋人を選ぶか、財産を取るか。選択を迫られたその人は……」

膝頭を握る手に思わず力をこめた千尋の向かい側で、夜見坂は茶菓子の水まんじゅうを頬張った口の動きを止めた。

ちゃぶ台の上をつかの間の沈黙が支配した。しかしひととき張りつめた空気は、やがて吐き出された史子の言葉によってあっさりと弛緩《しかん》した。

「彼は……桐山家の財産を選びました」

史子はそっけなく言い、千尋は脱力のため息をついた。

「事情はどうあれ、そんなふうに愛した恋人をよく諦められたものですね。ふたりの別れはどんな愁嘆場《しゅうたんば》だったでしょう」

いかにも気の毒そうにつぶやいた千尋の言葉を聞いて、史子は目元に冷たい微笑をうかべた。

「いいえ、愁嘆場などなかったそうですよ。父はほんとうに簡単に始末をつけたのですから。たった一本の絶縁の手紙で、恋人を放りだしたんです」

「まさか。いまの話だと、そんなふうに軽いつき合いのようには聞こえなかったけれど」

「ええ、軽いつき合いなんかではありませんでした。なにしろそのとき、咲江さんのお腹《なか》のなかには彼の子供がいたということですから」

「なんてひどい」

「そう、ひどい話です。だけど、ほんとうにひどいのはこれからなんです。それからいくらかたった頃、父あてに荷物が届きました。一抱えほどの化粧箱でした。荷解きしてみると、たとう紙と手紙の束が出てきたそうです。たとう紙に入っていたのは、いつか父が恋人に贈った、贅沢《ぜいたく》な緋色の振り袖《そで》、手紙は父が彼女にあてた恋文でした」

「荷物は、咲江さんからだったんですね」

「はい。それから箱の底にいまひとつ、残っていたものがありました。ずいぶん恐ろしい品物でした。半紙に包まれた小さなかたまり――それは、女の薬指だったのです」

女の薬指、という言葉が千尋の頭のなかでしかるべき像を結ぶのに、少し時間がかかった。

「指、ですか」

千尋は呆然《ぼうぜん》としながら、その語を繰り返した。

「そう、指です。腐敗寸前の。しかし、まだ完全には腐りきっていない指の先には、禍々《まがまが》しい呪いの文字が書きつけてありました。朱文字で。『怨』と」

「祟りの実行声明ですね」

それまでひとことも口をきかずに話を聞いていた夜見坂が言い、史子は弱々しくうなずいた。

「そんなふうに物騒な荷物が届いた、さらに何日かあとのことでした。咲江さんの遺体が、山中のため池で発見されました。相当腐乱が進んでいたものの、それが咲江さんの屍《しかばね》であることは疑いようもありませんでした。着衣をはじめ、遺体が身に着けているものはひとつ残らず娘のものであると彼女のご両親が証言されたそうですし、なにより、死者の左手に薬指がなかったことが決め手となりました。

そんなわけですから、くだんの事実があきらかになったとき、事情を知る桐山家の人間は、そろって震え上がりました。あわてて手配した僧侶にこっそりと彼女の霊を供養させたり、まじない屋に悪霊除けの方策を求めたりして、祟りの防衛策を講じました。彼らはそうやって不都合な問題をさっさと片づけて、口を拭うつもりでいたんです。ですが、ことはそう簡単には運びませんでした。怪異は……祟りは、父の婚礼の夜からはじまりました」

史子は、膝の上でそろえた自分の両手に暗い視線を落としながらつぶやいた。

教科書を読みふけっていた千尋は、おもてで高らかに鳴り響いたクラクションの音に、はっとして顔を上げた。貸し自動車が到着したらしい。何の気なしに腕時計に目を遣《や》ると、時刻は午後四時を少し過ぎたところだった。千尋は教科書を閉じ、鞄を提げて、夜見坂や史子と一緒におもてに出た。

自動車は、夜見坂金物《かなもの》店の硝子戸の前で乗客を待っていた。店に横付けにされた自動車の助手席に、千尋は腰を屈めて乗り込んだ。

これから史子と一緒に桐山家を訪問して、家人に祟りにまつわる事情を詳しく確かめようというのである。

「明日は日曜日です。よかったですね、千尋さん、学校をさぼらずに済みますね」

史子の話がひととおり済んだあと、夜見坂ににっこりと笑いかけられて、千尋は大いにあわてた。夜見坂と一緒に桐山家の屋敷に出向くつもりなどまったくなかったからだ。予定では――史子を夜見坂に託したあと、すぐに家に戻って夜中まで勉強するつもりにしていた。


「なぜ僕まで一緒に行くことになっているんだ。冗談じゃない。休みの日だってやることが山ほどあるんだ。なにせ、来週の水曜日には――」

などと、自分の都合を言いかけた千尋に、しかし夜見坂はあからさまな軽蔑《けいべつ》のまなざしを向けてきた。


「まさかと思いますけど千尋さん、自分で持ち込んだ懸案《けんあん》をおれに丸投げして、自分はさっさと引きあげるつもりだったんですか。無責任な人だな、あきれちゃいますよ」

夜見坂にあきれられて、千尋はぐっと言葉を詰まらせた。そんなふうに筋道を説かれては返す言葉もない。同行を承諾しないわけにはいかなかった。


「しかし、僕がついて行ったところで、ものの役に立つとは思えないけれどね」

未練がましく不平を口にする千尋に、

「そんなことないです。すごく役に立ちますよ」

と、夜見坂は率直に切り返してきた。

——そんなはず、あるわけがない。

千尋はみじんも納得できずに夜見坂の顔を見た。千尋はまじないに関して、あらゆる意味で素人だ。それについてはじゅうぶんな自覚がある。これは持って回った嫌がらせなのだろうか。いったい自分の何がどんな役に立つというのか。質しかけたところで、夜見坂が言った。

「だって、齢《とし》が増えますもの」

「齢?」

「おれが年寄りならひとりでお釣りがくるくらいなんですけど、そうじゃないから、せめて頭数で補おうと思って。まじない屋を名乗るには、年齢って案外大事な要素なんです。だからって、急に齢を取るわけにもいかないし。でも、頭数を増やせば——千尋さんとふたりなら、なんとか中年男ひとりぶんくらいにはなるんじゃないかと思って」

「つまり、押し出しの問題ということか」

「わかっていただけて、うれしいです」

ほんとうにうれしそうに夜見坂に笑いかけられて、千尋は心温まる諦めとともに自分の都合をのみこんだ。

話が決まると、夜見坂はさっそく茶簞笥の前に座布団を持ち出してきて、電話を二本かけた。初めの相手と長々と話し込んだあと、貸し自動車会社にかけ直して、運転手つきの自動車を一台、手配した。

ついで、史子が電話を使った。前もって、自宅に連絡しておくためである。彼女はまじない屋を同道することのほかに、祟りにまつわる品——祓《はら》い済みの振り袖や、父の恋文を用意しておいてほしいとの旨、家人に依頼した。これは夜見坂の指示を受けたものである。

この間、千尋はひたすら教科書の暗記に励んでいた。その気になりさえすれば、勉強の時間というのはそれなりにひねり出せるものである。

店の前に貸し自動車が到着したのは、その小一時間ほどあとのことであった。

3

桐山家の屋敷は、夜見坂の住む元待町《もとまち》から数十キロ北の山間部に開けた小都市、御日向《みひなた》町の中心部にあるということだった。途中、山道が続いたせいで、三時間以上もかかった。おかげで自動車が御日向町に入ったときにはさすがの六月の長い日脚もなりをひそめて、地上まで藍《あい》色の夏闇が降りてきていた。

道なりに設置された街灯に一斉に明かりが灯り、青い闇のなかに白い築地塀《ついじべい》が長々とうかび上がった。車窓の外にいつまでも続くそのほの白い流れを、千尋は奇異に思わずにはいられなかった。

「さっきから少しも途切れる気配がありませんね。何でしょう、この塀は」

誰にともなく発した千尋の問いに、後部座席に座っていた史子が答えた。

「ああ、あれは――」

看病疲れのせいか、発車して間もなくうとうとしはじめた史子である。が、いつの間にか目を覚ましていたらしい。答える声には心なしか、いくらかの力が戻ったように感じられた。

「桐山家の屋敷の外塀です。もうじき着きますよ」

じっさい、桁外《けたはず》れの資産家というのは存在するものである。千尋は感心しながら、あらためて窓の外に目を遣った。といって、その豪気な財物にはみじんの羨望《せんぼう》も感じなかった。むしろ、そんなふうに大仰《おおぎょう》な荷物を背負わされた史子に少し同情した。

人が健康的に生きるには、ふさわしい持ち物の量があるような気がする。多すぎても少なすぎても不都合だ。一生をくるわせずに生きていくのにちょうどいい持ち物の量をこれと言い切ることはできないにせよ、もしそれを知ることができれば、人は最も気を楽にして生きていけるような気がした。

大豪邸であった。

車から降り立つなり、千尋は目の前に迫った伝統家屋の威容《いよう》に圧倒された。建物のすぐ背後に迫った竹藪《たけやぶ》が夜風に吹かれて打ち合う響き、ざわざわと鳴る葉擦れの音が、屋敷の風格をいや増しにしていた。

千尋の実家の賀川邸も豪邸の部類に入れて差し支えない大仰な建物だったが、重厚な瓦《かわら》葺《ぶ》きの巨大伝統家屋には、また格別の威圧感があった。

玄関に向かってずらりと居並んだ使用人たちが一斉に頭を下げた。皆、前時代的なお仕《し》着《き》せに身を包んでいた。

屋敷に入ると、玄関付近は高い吹き抜けになっていた。幅広の階段を取り囲むようにして、階上に通路がせり出している。伝統的な様式を踏襲した外観にはそぐわない、変わった造りの建物だった。どうやら、富にあかせて増改築を繰り返した結果の異様らしい。豪勢な料理屋か、妓楼《ぎろう》を思わせる趣味的な設えは、屋敷の主人の嗜好《しこう》の特殊性をうかがわせた。たとえば、極端な道楽者。夢想家。そういったたぐいの。

先に立って歩く史子の案内で、夜見坂と千尋は何度も通路を折れた。その途中、千尋は壁のところどころに、周囲より色調の濃い部分があるのに気がついた。吊り下げていた書画をはずした跡だろうか。

やがてたどり着いた客間は、三十畳はあろうかと思われる、広い座敷だった。ただし座敷とはいっても、あたりまえのものとはずいぶん様子が違っていた。

欄間《らんま》の彫刻は、唐花《からはな》が意匠された異国風のもので、部屋に配置された調度の材質も、あきらかに国内の産ではなかった。夜のようなつやを宿した南方の木材、緻密《ちみつ》な硝子の細工物。足もとには分厚いペルシア絨毯《じゅうたん》が敷かれ、象嵌《ぞうがん》で唐草模様を描き出したテーブルを、更紗《さらさ》張りのそろいの椅子が取り巻いていた。重厚華麗な設《しつら》えである。しかし、ことさらに威力を誇示するふうではなく、室内にはどこか女所帯らしい、ものやわらかな空気が漂っていた。

客間では、ふたりの老女が三人の到着を待っていた。老女たちのうち、ひとりは椅子に腰かけたままの姿勢で、ひとりは立ち上がって、客に会釈《えしやく》をした。

屋敷の女隠居と、そのそば仕えらしかった。もっとも、そば仕えの老女といっても、侍女というよりは秘書といったほうがふさわしいようなおもむきである。端正な着物姿と落ち着いた物腰のためばかりではない。彼女は、見る者にほとんど例外なく理知的な印象を与える種類の婦人だった。桐山夫人はそんな彼女を信頼しきっているように見えた。女隠居が若い頃には、教育係だった人物なのかもしれない。ふたりはそれぞれ、桐山百合子《ゆりこ》、江坂澄恵《こうさかすみえ》と名乗った。

史子は老女たちにあいさつを済ませると、夜見坂と千尋に椅子を勧め、それから自分も手近な席に腰をかけた。

直後、口を開いたのは女隠居の桐山夫人ではなく、そば仕えの婦人――澄恵のほうだった。

「あなた方ですか。我が家にとり憑いた悪霊を追い払ってくださる、というのは」

「はい、そのつもりでうかがいました。ついては、少しお話をお聞かせ願いたいのですが」

澄恵がわずかに眉を動かした。自分の問いに答えたのが千尋ではなく、若い夜見坂のほうであったことを不審に思ったらしかった。澄恵はさっと夜見坂と千尋の間に視線を走らせたあと、わざとらしいほど穏やかな口調で訊《たず》ねた。

「それで？　わたくしは何をお話しすればよろしいのでしょうか」

澄恵の、軽い侮《あなど》りと疑念とをつき固めたような視線を一身に浴びながら、夜見坂が答えた。

「この家のおおかたのご事情は、すでに史子さんからうかがいました。婚礼の夜、花嫁が祝いのお膳に出された椀物の蓋を取ると、血まみれの指が入っていたそうですね。

それを皮切りに、家内で怪奇が打ち続いた。たとえば、鍵のかかった蔵のなかに厳重に封印保管されているはずの、緋色の振り袖を着た女の幻影――咲江さんの幽霊が、屋敷のあちこちで目撃されるようになった。そのごたごたのなかで、ご主人のご両親は次々に亡くなられたとか。しかし、最悪の変事は、生まれたばかりの長男――跡継ぎが消えたことですね。羽二重《はぶたえ》の寝具に残された多量の血痕。その後も、いなくなった赤ん坊の行方は杳《よう》として知れなかった。このことで、『祟られた桐山家』の評判は決定的になった。噂《うわさ》は、使用人たちの口からどんどん広がって、桐山家が死霊の祟りを受けていることは、誰知らぬ者のいない、既定事実になった。

　この家のご主人がおかしくなりはじめたのはその頃からでしたか。亡くなった咲江さんの影に怯えて、だんだんに憔悴していったそうですね。そして、ある夜乱心して、井戸に落ち、亡くなられた――」

「そのとおりです」

「問題の振り袖ですが、見せてもらってもよろしいでしょうか」

「ええ、どうぞ。こちらに用意してあります。四十六年前に祓いを受けてから一度も封じを解いていません」

　言って示された箱を、夜見坂は両手に抱えて、持ち上げてみた。ずしりとした衣類の重さがあった。箱は黄ばんだ札によって厳重に封じられており、開封の跡は見あたらなかった。テーブルの上には他に、史子の話していた恋文なのだろう、見るからに古びた手紙の束が置いてあった。

　夜見坂はその紙束に視線をあてたまま、話題を変えた。

「ところで澄恵さん。あなたはこの屋敷に何年、お勤めですか」

「今年で、四十六年になります」

「ああ、すると、奥様が嫁いで来られた年からですね。ずいぶん長くお勤めなんですね。

他に、あなたと同じくらい古くからこの家に仕えている方はいらっしゃいますか」

「いいえ。古くからの使用人は皆、辞めてしまいましたから。いまとなってはわたくしが当家の使用人のなかでは最古参《こさん》です。この家にもいろいろと、悪い噂がありましたから」

「それでは、最後に。井戸に落ちて亡くなったご主人の人となりについて、できるだけ詳しく教えていただけませんか。どんな些細《ささい》な逸話でもけっこうです。どうでしょう、奥様？」

　突然水を向けられた百合子の顔色が、見る間に青白く変化した。あからさまにうろたえながら、縋るようなまなざしで澄恵のほうを見た。結局、夜見坂に答えを返したのは、またしても澄恵だった。

「旦那様のことは、奥様にとってはおつらい思い出です。どうぞ、ご遠慮ください。それでなくても死者についてとやかく申し上げるのは不道徳なことですから」

　言葉つきだけは丁寧なものの、取りつく島もない言いようだった。が、夜見坂は素知らぬ顔で続けた。

「そうでしょうか？　とやかく言われてしかるべき人というのは、いるものだと思いませんか。それともただ、話したくないだけでしょうか。彼が、墓のなかから怒って起き上がってくるかもしれないから？　なんでも近頃じゃ、墓あばきなんていう商売もあるそうですし」

　夜見坂の言いぐさに、それまでまったくの無表情だった澄恵の頬の肉がかすかに動いた。薄笑いしたせいだ。

「言うべきことは、ほんとうに何もございません。あの旦那様の心の裡《うち》など、誰に知ることができましょうか。第一、そんなことを詮索したところで、いまさらどんな役に立つというのかしら」


「確かに。何の役にも立ちませんね」

　夜具を調えに来た手伝いが部屋から引き下がった後《のち》、夜見坂がぽつりとつぶやいた。

　それを耳ざとく聞きつけた千尋が、夜見坂のほうに体を向けた。

「役に立たない？　夜見坂君、じつは僕もそれを不思議に思っていたところなんだ。もしかすると僕たちは、あまり歓迎されていないのだろうか。仮にも祟りを取り除くという触れ込みなんだから、もう少しこう、愛想があってもよさそうなものなのに」

「そうですね」

　夜見坂は、どうにも腑《ふ》に落ちないという顔をしている千尋に、気のない相づちを打った。

　夕食のあと、湯を使わせてもらい、用意された寝室に引きあげた千尋と夜見坂は、ひたすら古い手紙に目を通しているところだった。借り受けてきた、史子の父の手による恋文である。そこから、彼の人となりを探ろうというのである。

「……なんだか、凄いね。これは」

しばらく無言で手紙を読み進めていた千尋が、どうにもきまり悪くてたまらない、というような顔つきでつぶやいた。

「僕にはこんな恋文はとても書けそうにない。気恥ずかしくて」

「それがふつうの感覚だと思いますよ」

紙面から目を離しもせず、夜見坂が応じた。

「いや、そんなことはないだろう。僕には恋人がいないからよくわからないが、その人をほんとうに愛していたら、あるいはこんな気持ちになるんじゃないかな。そういえば、同級の吉浦という男も似たようなことを言っていたことがあるよ」

「千尋さんって、案外女性的なんですね。発想が。もしかして、脳内は乙女なんですか?」

「どうしてそういうことになるんだ」

「だって、言葉ってものを信じすぎているんだもの」

「言葉を信じることの何が悪いのか、わからないな」

「悪いっていうより、危ういんだ。昨今、言葉の価値は下落する一方ですよ。とくに男社会では、言葉は裏切りを前提に語られる。それをまともに受け取って泣きを見るのは、お人よしの女性かいたいけな子供くらいのものです。いいですか、誠がないからこそ、こんなにキレイな言葉が吐けるんですよ。だいたい考えてもみてください。ほんとうに愛していたなら、身ごもった恋人を放り出して、他の女性と平気で結婚できると思いますか。ざっと目を通しただけですけど、この人の言葉選びのやり方から確信できました。彼は実践的恋愛詩人です。真性の色恋病《いろこいびょう》患者です」

「色恋病とはまた、手厳しいね」

「便宜《べんぎ》的にそう呼んだだけですけど……やっぱり病的な感じがするな。分別を失うほどの高熱に浮かされるわけだから。だけど、その熱が冷めると、相手への興味は完全に失せてしまう。彼らの恋の対象は、恋する自分だからです。ようするに、相手は誰でもいいんだ」

「なんだか、気の毒なような男だな」

「気の毒なのは、彼にいいように振り回される相手のほうですよ。こういう人間に本気で恋をしたら、人生がゆがんでしまいます」

「咲江さんみたいに、か」

「ええ。ところで、これからちょっと澄恵さんに手紙を返しに行ってきます。千尋さんは先に寝るなり、勉強するなり好きにしていてください」

「いまからか？　もうやすまれているんじゃないかな」

「平気ですよ。きっと歓迎してくれると思います」

夜見坂は束ねた手紙を片手に、さっさと部屋を出ていった。

突然の夜見坂の訪《おとな》いに接しても、澄恵は少しも驚いた様子を見せなかった。すんなり部屋に招き入れ、しかし扉に鍵をかけてから、夜見坂に向き直った。

「それで？　あなたの目的は何かしら。言っておきますが、わたくしから利得を引きだそうとしても無駄ですよ。あなた方に与えるものなど、この家には何ひとつありません」

「もしかしておれ、ゆすりと間違えられているんでしょうか」

真面目な顔で訊ねた夜見坂に、澄恵は例の薄笑いを見せた。

「あら、そうではないの？　あのとき、あなたは『墓あばき』という言葉をことさらに強く発音した。あれで、『知っている』ことを示したつもりなのでしょう？　だけど、すべては終わったこと。人に告げたければ好きになさい。わたくしは逃げも隠れもしませんよ――」

どこまでも冷静に構えた澄恵の言葉を、夜見坂は小さな手振りでさえぎった。

「あの、先に誤解のないように言っておきますが、これはぜんぶおれの想像した物語なので、どうぞそのつもりで聞いてください。

かれこれ四十六年前のお話です。手ひどい裏切りによって恋に破れた娘さんがいました。彼女は、相手の男をずいぶん愛していました。だから捨てられても、男を忘れることができずに彼に執着しました。しかし、男はもうかつての男ではなかった。そのために、娘さんの想いは男に対する復讐《ふくしゅう》という、いびつな形をとるしかありませんでした。執着心にとらわれた彼女は、何であれ彼の幸福をじゃましてやろうと考えたんです。

しかしそのためにはまず、別人に成りすます必要がありました。元の身分のままでは、彼に近づくことさえ難しかったからです。そこで彼女は、墓盗人《ぬすびと》から自分と背格好の似た女性の死体を一体、買い取りました。自分は死んだと見せかけるところから、彼女の復讐は幕を開けたんです。

その後、娘さんは身元を偽り、体裁を欺《あざむ》いて桐山屋敷に入り込みました。使用人として。そうして、様々に怪異を細工した。椀のなかの指とか、神出鬼没の緋色の振り袖とか、そういったことです。死角の多い、複雑な構造の家です。例えば、あちこちに鏡を吊るしておけば、幽霊を『出現させる』ことも、そう難しい仕事ではありませんでした。小道具の振り袖については、あらかじめ複製を一枚用意しておけば、オリジナルに触れる必要もありません。

　さて、娘さんはそんなふうにして怪異を演出する一方で、まだ新妻《にいづま》だった奥方を、徐々に味方に取り込んでいきました。なぜ、そんなことができたのか。言うまでもありません。彼女の夫がひどい人間――重症の色恋病の罹患《りかん》者だったからです。おそらく彼は絶え間なく、熱烈に恋をし続けたのでしょうね。定期的に相手を取り替えながら。そして、家人には四六時中つらくあたりました。なにしろ、色恋病の患者にとって、生活と家族は桎梏《しっこく》以外の何ものでもありませんから。そんななか、娘さんの目的はいつしか『男の不幸』から、『男の殺害』へと変わっていきました。奥方がそれを望んだからです――生き残るために。夫の愛人たちのなかには、祟りの評判にもかかわらず、桐山家の奥方の座を望む人がありました。なにしろ、男は恐るべき分限者《ぶげんしゃ》でしたから。

　依然、怪異を演出し、一帯に祟られた桐山家の暗いイメージを広めながら、娘さんと奥方は男を殺害する機会を待ちました。計画のじゃまになる古い使用人を次々に追い払いながら。やがて、舅《しゅうと》と姑《しゅうとめ》が亡くなって、時機が到来します。ある夜、娘さんと奥方は共謀して、酔った男を井戸に突き落とした。酒か薬、どちらかの力を借りれば、女性の力でもそうすることは可能でした。

　かくて、娘さんの復讐計画はめでたく完遂《かんすい》されました。ふたりの女性は、養子に出していた娘や、息子の子女を『養女』として桐山家に迎え入れ、莫大な財産も相続して、末永く幸福に暮らしました。めでたし、めでたし」

「そうやってあなたの口からでてくると、剣呑《けんのん》な犯罪の筋書きも、しあわせなおとぎ話のように聞こえるわね」

澄恵の発言に、夜見坂は首をかしげた。

「しあわせじゃないんですか？」

「ええ、ぜんぜん。わたくしはいまさらながらに自分のしたことの恐ろしさを、思い知らされているところです」

「桐山家にとり憑いた『祟り』は、桐山氏の死によってとっくに幕を閉じていた。だから、何も知らない史子さんが連れて来たおれたちを、あなたと百合子さんは迷惑がったんですね」

「そう。でも、ほんとうのところ、祟りは——因果はまだ、続いているのかもしれないわね」

「綾《あや》さんの病気のことをおっしゃっているんですか？」

澄恵は神妙な面持《おもも》ちでうなずいた。

「わたくしたちの悪業が、あの子にあんなふうに得体の知れない病を背負わせたのかもしれない。あの子があんなことになって、わたくしたちは初めて自分たちが犯した罪に震えました」

「じゃあ、それまでは後悔もしていなかった？」

「ええ」

澄恵の返事を聞いて、夜見坂は笑った。

「桐山氏は、相当傍迷惑《はためいわく》な人だったみたいだな。だけどちっとも反省しなかったから、とうとうやっつけられてしまったんだ。自分を省《かえり》みるって、ほんとうに大事なことですね。

じつをいうと、今回うかがったのは桐山家の誰かが綾さんの健康を害している可能性を疑ったからなんです。たとえば、あなたや、百合子さんや、他の誰かが、綾さんの病気の根源なのだとしたら——つまり、何か実際的な手段を使って綾さんの身体《からだ》を損なわせている人間がいるのなら、その人を説得するなり、改心してもらうなり、工夫してみようと思いまして。しかしそうではないとなると、ここでできることは何もなさそうです。残念ですけれど、おれたちは明日にでも退散します。夜分に長々とおじゃましました。どうぞゆっくりおやすみになってください。咲江さん」

軽く頭を下げて出て行きかけた夜見坂を、澄恵が呼び止めた。

「わたくしを、罰しないのですか」

「罰する？　おれがですか？」

夜見坂は小さく肩をすくめた。

「わざわざそんなことをしなくても、あなた方はすでにそれなりの罰を受けていらっしゃるじゃありませんか。祟りという嘘をまっとうするために――桐山氏殺害の事実を完全に闇に葬《ほうむ》り去るために、あなたは史子さんに、自分がほんとうは彼女の実母であるという真実を明かすことができません。

百合子さんにしても同様です。じつは綾さんの父方の祖母であるという事実を、あなたと同じ理由で隠し通さなければならない。おそらく、墓に入るまで。状況にかんがみて、それだけでもじゅうぶんすぎる罰だと思います。それでなくても、おれは刑事じゃありませんし、むかし起こったいざこざを掘り返しにここに来たわけでもありません。史子さんに依頼されたのは、綾さんを助けることだけですから。

綾さんの病気、ご心配でしょうけれど、こんなこともあろうかと別の専門家にも助力をお願いしてあります。おれに打てる手はぜんぶ打たせてもらいました。だけど、どんなに凄い専門家にだって手に負えないことってあるものだから、結果に関しては何もお約束できません。あとは縁と運が味方してくれることを祈るだけです」

おしまいの部分をはにかむように言った夜見坂に、澄恵は唇を震わせながらこうべを垂れた。

4

夜更け、何の気なしに教官室の窓の外に目を遣った黒崎は、車回しを一台の自動車が巡ってくるのに気がついた。こんな時間に見舞い客らしい。誰かの受け持ちの患者が危篤《きとく》にでも陥《おちい》ったのだろうかと想像しながら、黒崎はふたたび手許の書類に視線を戻した。しばらくそれを読むことに集中した。机上に置いた時計が、勤勉にときを刻み続ける。

突然、部屋の扉がノックされた。黒崎は顔を上げた。緊急呼び出しの内線電話はチリとも鳴っていない。

——誰だ？

時ならず室内に響いたノックの音を不審に思いながら、黒崎は立って行って扉を開けた。見ると、そこには大きな黒鞄を提げた小柄な老人が立っていた。古びた背広に身を包んではいるが、彼自身は少しもくたびれてはおらず、血色のよい顔をつやつやと輝かせながら黒崎に訊ねた。

「いま、下の事務所で聞いてきたんだが。桐山綾なる患者の担当医というのは、きみかね」

「そうですが」

目顔で用件を質した黒崎に、老人は臆面もなく告げた。

「彼女に会わせてもらいたいのだがな。じつは、患者の母親の筋から、きみの見立てに穴がないかどうか確かめてほしいと頼まれた。なに、他意はない。万が一にも、きみに忠告できることがあるならそうするし、そうでなければさっさと引きあげる。つまり……なんというか……貸せる手があるものなら、貸したい」

黒崎は、老人の言いぐさにあきれながら口を開いた。

「あなたがどういうつもりで他人の領分に図々《ずうずう》しく首を突っ込もうとしているのかは知りませんが、私は自分の患者にできる限りのことはしているつもりです。それにあなたはこの学校にとってはもう、部外者です。私の患者に手を出すどころか、そこに関係者面をして立っている資格さえないんですよ」

「うん、わかっとるよ。だからこうして頼んどるんじゃないか。しかしまあ、縁とはほんとうに不思議なものだな。こんなところでむかしの教え子にばったり出くわすことになるとはな、思ってもみなかった。きみの秀才面を見るのは退官以来だ。老けたね。黒崎君」

「ひとこと余計なのはあいかわらずなんですね、夏野《なつの》教官――いや、夏野さん。そんなだから、学校を追い出されたんですよ」

「それは違うぞ、黒崎君。私は自ら進んで去った」

「ええ、現状をただ否定することほど、たやすいことはありませんからね」

「べつに否定なんぞしとらんよ。ただ、学校のやり方が性に合わんかっただけのことでな。私は個人的に、臨床医《りんしょう》はもう少し謙虚であるべきではないかと思った。言ってしまえば、単なる趣味嗜好の問題だ。しかしながら、人を規格品として扱うことには不服を唱えたいね。人体はあらゆる点において精妙だ。そういうものを相手にしながら、何でも類型化して楽をしようとするのは、きみら秀才の悪い癖だ。人にその生命を委託されたなら、こちらもそれなりの態度で臨むべきだとは思わんかね。きみは、私の手助けの申し出を断るべきではない」

「あなたがおっしゃるのは理想論だ」

黒崎は静かに反駁《はんばく》した。

「現代は何につけ、効率化が求められる時代です。万事にふさわしい手順が適用されるべきだ。規則には例外を作るべきではない。そうでもなければ、大勢の病者を管理しきれない」

「では、管理などしなければいいのではないかね」

「愚かな大衆には導き手が必要です」

　夏野が笑った。

「愚か！　あの膨大な知恵の集積をそう言い切るのかね、きみは。それ以前に導き手自身、道を誤らないと、どうして言うことができるのかね」

「たとえ、間違ったとしても」

　黒崎は強い視線を夏野にあてた。

「彼らの勝手にさせておくよりは、はるかにましです。我々は、彼らより多くを知っている」

「はて、それはどうかな。私も若い頃は、優秀な頭脳こそ第一の価値だと考えていたものだったが。いまはそうは思わんな」

　夏野は自分の片手に視線を落とした。

「私がいまここに持っている知識にそれなりの価値があるとして、その大部分はやはり、きみが愚かだと一蹴《いっしゅう》する名もなき人々からもたらされたものなのだよ。彼らは、私に数々の具体的知見を与えてくれた。治癒《ちゆ》した患者も、亡くなった患者も、等しく私にいくばくかの知恵を残してくれた。他の職業のことは知らんがこの仕事に限っていえば、実力をきたえるのは間違いなく経験だ。もちろん、書物から得られる知識も大切だ。知らんことには、はじめから手出しのしようがないからな。しかし、定型にしか対応できん専門家など、ふつうの人間より少しばかり何かを知っている程度のつまらんうぬぼれ屋かもしれないぜ。いまきみに私を拒ませているものは何だね？　規則か？　道理か？　いいや、違うな。きみに耳をふさがせているのは、おおかたくだらんプライドだろう。しかし、他人の意見に耳を貸すことは敗北ではないぞ。新たな経験だ。外れたものから目を逸らすな。そこから何が学べるか、きみはいったい、わくわくせんのかね？」

病院の暗い廊下を先に立って歩く黒崎の広い歩幅に合わせて、夏野はせかせかと歩を進めていた。常夜灯が、頼りない明るさで足もとを照らしている。

「患者はずいぶん難儀《なんぎ》な状態らしいな」

だしぬけに発せられた夏野の言葉に、黒崎は振り返りもせずに返事をした。

「ええ、ひどいものです。先ほどお見せしたカルテの通り、何をしても病状が好転しないうえに、なぜそうなのかが皆目わからない。診断がつかないんです。患者は複数の雑菌による感染を絶え間なく繰り返しています。なのに、どの薬剤を使っても思うように効いてくれない。仕方なく、輸液と保温でどうにか時間稼ぎをしている状態です。しかし、そうしているうちにも臓器の機能が低下し続けています。回復力が戻る気配もまったくありません」

「ふん、そりゃ大ごとだ」

やがて黒崎は、ひとつの扉の前で立ちどまった。少し遅れて追いついてきた夏野を振り返り、かすかに目を細めた。

「では、お手並みを拝見させていただくとしましょう。あなたの言うとおり、目の前にぶら下がった可能性を試してみもせずただ成り行きを眺めているなんて、確かにつまらないことだ。適当な助言がいただけるならこれほどありがたいことはない」

本心とも皮肉ともつかない平板な口調で言いながら、黒崎は扉のわきに退《しりぞ》いた。

夏野は扉を開けた。

病室に詰めていた付添人が立ち上がった。

夏野はまっすぐに病床に近づいて、患者の顔をのぞき込んだ。五歳の少女である。記録のとおり、栄養状態に問題はないように見える。夏野は、彼女の熱に浮かされた身体のあちこちに手を触れた。荒い呼吸を繰り返す少女の口許に顔を寄せて息を嗅《か》いだ。

「伝染病菌検査はすべて陰性、外傷はなし。内臓に病巣のある可能性も？」

「ありません。少なくとも探知できる範囲では」

夏野は黒崎の答えに小さくうなずくと、持参の鞄の口を開いた。病室の隅で、付添人が気ぜわしそうに夏野と黒崎を見守っていた。

ずいぶん大きな往診鞄だった。しかしそれもそのはず、鞄のなかにはあふれんばかりに品物が詰め込まれていた。正規の商品ラベルの貼りつけられていないたくさんの薬剤瓶をはじめとして、なかには何に使うのかわからないような道具も散見された。

「ならば、これを試してみるかな」

夏野が取りだしたのは、ソーダ瓶ほどの大きさの遮光容器だった。褐色《かっしょく》の硝子を通して中身が透けて見えた。白濁《はくだく》した液体だ。

夏野の意図を察した黒崎は、即座に異議を申し立てた。

「担当医として、患者にうかつなものを投与させるわけにはいきません。その薬剤の素性《すじょう》をはっきりさせてください」

「なに、これはきみが思うような深刻な薬物じゃない。ただの経口栄養剤だよ。薬事院の認可は受けていないが」

「栄養剤ですって？　しかも無認可の」

「なに、なに、無認可なのは純粋に政治的な問題だ。出来が良すぎて御用商人をつとめる商売敵の妨害を受けた結果に過ぎん。月原《つきはら》製薬のこれは、現時点で最高の組成を持つ栄養剤だぞ」

「冗談じゃない」

「何が冗談なものか。さっきから私は、この嬢ちゃんがある種の栄養失調であることを疑っとる。さすればこそ、栄養補給はしごくあたりまえの方法だ」

「お言葉ですが、彼女に栄養失調の兆候はありません。入院時点での体重も正常の範囲内でした。いったい何をどう考えたらそんなばかばかしい結論にたどり着けるのか見当もつかない。彼女が栄養失調だなんて、あなたの見立てはあまりにも非常識だ。こんなときにいたずらに消化器に負担を掛けるような処置をするのは適当ではありません」

「そんな呑気な御託《ごたく》は、相応の方法を見つけてから持ち出すことだな。この期に及んで、そう目くじらを立てて常識にこだわっても仕様があるまい」

　夏野は、栄養剤を器具に装塡《そうてん》して、少女の口に含ませた。はじめはほんの少し、舐《な》める程度だ。その様子を渋面を作りながら眺めている黒崎に、夏野が言った。しつこくせがまれて子供に手品の種明かしをする大人さながらの、もったいぶった口調で。

「しかしまあ、じつをいうとな。栄養失調を疑ったのは、これと酷似した症状を以前にも見たことがあるからだ。かれこれ四十年近くも前の話だ。あの頃、私はまだ三十代、ちょうどいまのきみと同じような年頃だった。そういえばあのときの患者も、女の子供だったな。原因不明の免疫不全。私は手を尽くしたが、どうにもできんかった。そうしたところ、子供のふた親は、まじない屋を頼った。無駄なことをと、私は暗澹《あんたん》たる気持ちで、しかし、どうせだめならせめて思うようにさせてやろうと様子を見ておった。そうしたら、その男――まじない屋は、娘に柿を食わせるようにと言った」

「柿……それはまた、非科学的な」

「そうだな。私も意味がわからんかった。しかし、子供の母親は、来る日も来る日も柿の実を求めてはそれをすりおろして娘に与えた」

「それで、どうなりました」

ため息まじりに訊ねた黒崎に、夏野はあっさりと返した。

「快復したよ」

「まさか!」

思わず声をあげた黒崎に、夏野はにやりと笑いかけた。

「ところが、世には『まさか』が存外、あたりまえに転がっているものらしい。じっさいのところ、なぜあのまじない屋がその方法を知っていたのか、ないしは見つけ出せたのか、最後までわからんままだった。追求のしようのない謎。あるいは単に、幸福な偶然だったというだけのことなのかもしれない。ことによると、まじない屋自身にさえ、わかった理由を言えなかったかもしれん。しかし、あのとき私は思ったよ。彼は『知ることができる人間』なんだとな。ここまで長く生きてきてようやく気づいたのだが、世の中にはそういった種類の人間が少なからず存在するらしい。彼らのような人間は、奉仕者として世にあるのかもしれんな。仕事に選ばれた人間、という言い方があるが、まさにそんなふうだったよ。事実、彼はわずかな額の謝礼しか受け取らんかった。当人が言うには、それが妥当な金額だからと。ものごとには適正な価値というものがあって、それをくるわせると、世の中全体が地獄化してくるなどと、おかしなことを言ってたな。

ともあれ、私は以上の経験から貴重な学びを得たわけだ。生き物を相手にする限り、技術の常識というのは案外当てにならんものだとな。べつに痩《や》せ衰えてなどいなくても、栄養失調は起こりうる。体質的に、特定の微量栄養素の欠乏が致命的な災いになる人間もいる。過剰についてもしかり。可能性の問題だな。必要なのは暗闇のなかで答えにたどり着くためのイマジネーションだ。その点、きみは、きみの軽蔑するまじない屋に学ぶところがあるかもしれないぞ」

「いいえ。それでも私はまじないのような胡乱《うろん》な価値に与《くみ》するつもりはありません。世に横行するまじない、迷信の害毒には閉口します。札を呑むことで伝染病を予防できると本気で信じていたり、病人を抱えたうえ詐欺師に大枚を巻き上げられる人々に、私は哀れをもよおさずにはいられない」

「確かにな。まじないのたぐいにはそういう暗い側面があることは事実だな。さじ加減が難しい。ときにはそれが、よく効く薬同然の効果を持つからこそ」

素直にうなずいた夏野に、黒崎は冷たいまなざしを向けた。

「いいえ、そればかりではありません。可能性を云々《うんぬん》言うなら、いまあなたの行った処置が患者にとってまったく無効、どころか、悪化を早める可能性もあるのですよ。そうなると、あなたの予断が彼女を殺すことになる」

「何だ。わかり切ったことを言う男だな。望むところだ。そのくらいの責任、あたりまえに引き受けてやる。医者は他人の命を預かるのが仕事だ、人を殺す覚悟がなくて務まるものか」

「あなた自身、たったいま私の慢心を戒めたのと同じ口でそれを言いますか」

「ふん、主義や主張なんぞいくらでも変えてやる。患者のためとあればな」

夏野の減らず口に心底うんざりしながら、黒崎は口をつぐんだ。この老人に何を言っても無駄であることがはっきりとわかったからだ。その仏頂面を、夏野がそっとのぞき込んだ。

「ときに、黒崎君。私には処置者として当然、病人の経過を観察する義務があるわけだが、いいかね……今夜、きみの部屋に泊めてもらっても？」

一応のうかがいは立てながらも、夏野が初めから黒崎に選択の余地を与えるつもりがないことは明白だった。そのくせ、見かけばかりはしおらしくふるまう夏野に、黒崎はつかの間、これ以上はないというほどの迷惑顔を向けた。

しかし黒崎の強靭《きょうじん》なる理性は、やがて彼を力ずくにうなずかせた。その動作が多少ぎくしゃくしたものになったのはこのさい、やむをえないことであった。

5

桐山邸訪問から一夜が明けた。

早朝。まだ明けやらぬ薄闇のなか、前照灯の光をきらめかせながらあらわれた自動車に、ひとりの女性客とふたりの男性客が乗り込んだ。車は朝露に濡れた玉砂利《たまじゃり》を踏んで屋敷の庭をめぐり、桐山家のものものしい正門をあとにした。

そんなふうに夜明けを待つようにしてのあわただしい出発になったのは、史子が一刻も早く病院に戻りたがったためだった。

今朝早々、夜見坂は綾の発病が桐山家の祟りとは何のかかわりもないことを史子に告げた。

「じつは、おっしゃる祟りは、ずいぶん前に効力を失っていました。かつてこの家に祟りをなしていたモノは、もう何十年も前にここを去っています。つまり、綾さんの病は、悪霊とは無関係なんです。だから、綾さんの病気をまじないでどうこうすることはできません。残念ですが」

夜見坂の説明を聞いて、史子はがっくりとうなだれた。生気のない頬に、ほうけたような微笑がうかんだ。

「そうですか。それならもう何も方法は残されていないんですね。わたしたちには、もう何も――」

「いえ、それはまだ……」

夜見坂は口ごもりながら言った。

「いろんなこと、ぎりぎりになるまでわからないものです。だからこれは……娘さんを助けることができた人に渡してあげてください」

夜見坂はそれまで持て余し気味に片手にしていた、厚い封筒を史子に差し出しながら言った。封筒のなかには高額紙幣が束になって納まっていた。

史子は首を振った。

「差し上げたお礼です。お納めください」

史子の返事に、しかし夜見坂は困惑の表情をみせた。

「じつはいただくべきぶんは、このなかからもうちゃんといただいてあります。まっとうなサービスを適正価格で。先代――いえ、おれの座右の銘なんです。これって、商人が妖怪化しないための偉大な知恵なんですよ。なにしろ妖怪化した商人は世界を破滅させかねませんから」

妙な理屈をこねながら史子に謝礼を突き返している夜見坂を遠目に見ながら、千尋は綾の病状を気にかけていた。途方に暮れる史子が気の毒だった。夜見坂が言うように、誰かが――それが人の手に余ることだというなら『何かが』でもいい、彼女の助けになってくれることを、やはりあてもなく願わずにはいられなかった。

数時間後、史子に便乗して帰途についた夜見坂と千尋は、きのう車に乗り込んだのと同じ場所に――夜見坂金物店の店先に立っていた。

史子はふたりを店の前まで送り届けると、自分は車から降りることなく暇《いとま》を告げた。子供の容態を案じて急ぐ母親の姿は、痛々しいほどに切実だった。

「少しでも良くなっているといいな。娘さん」

遠ざかっていく自動車を見送りながら、千尋が心細げにつぶやいた。

「そうですね」

答える夜見坂はいたって平静だった。

車に揺られている間に日はすっかり高くなっていた。まぶしい陽射しを投げかけてくる太陽の下、夜見坂はポケットからとりだした鍵で店の硝子戸を開けた。それから、いつまでも路上に突っ立ったまま意気消沈している千尋に声をかけた。

「どうぞ。ちょっと入って、お茶でも飲んでいってください」


夜見坂金物店の奥の八畳間に、薬草茶の匂いが充満していた。たいそう癖のある草木の香りである。千尋はふたたび、湯呑みに入った黒い液体を目の前にしていた。しかし昨日飲まされたものに比べると、ずいぶんとましに思えた。匂いは強いが、嫌な感じはしない。口にすると、さわやかな苦みがすっと口中にひろがってのどに落ちた。

「悪くない。昨日のとは違って」

「同じものですよ」

夜見坂は茶簞笥の引き出しから鶏卵煎餅《けいらんせんべい》を取り出しながら言った。ざらざらと皿にあけて、千尋のほうに押しやった。

「嘘だろう？　味が全然違う」

千尋は承服しかねて言い返したが、夜見坂は笑っただけだった。

「たぶん、変わったのはお茶じゃなくて千尋さんのほうじゃないかな。これ、心配事があったり気疲れしていたりで、よく眠れないようなときに効くお茶なんです。そのとき身体が必要な物って、おいしいとはいわないまでも好ましく感じたりするものです。取り込みたいって要請があるから、良いって思う——何かをおいしいと感じるのって、食べたもののなかの何かが身体に効いているしるしなんだと思います。きっと、桐山屋敷で気疲れしたんですよ。それとも勉強のしすぎかな。昨日、ずいぶん遅くまで読書灯をつけていたでしょう?」

夜見坂に言われて、千尋はそのことを思い出した。気の毒な史子のこと、綾の病状のこと、悪霊のこと。そんなことを考えているうちに眠れなくなった。それやこれやを、勉強に集中することでごまかしていた千尋である。

「なるほど。疲れているとうまいと感じるお茶なのか……」

千尋は感心しながら、湯気を立てる湯呑みを両手で押し包んだ。ため息まじりにつぶやいた。

「結局、あの家には死霊なんていなかったんだね。まさか悪霊の正体が生きた人間——澄恵さんだったなんてね、今回はどうやって気づいたんだい?」

「単純な消去法です。史子さんの話は終始講談めいた伝聞調《でんぶん》だし、百合子さんは澄恵さんに頼りきりみたいだったし、使用人は新しい人ばかりだし、一連の出来事の要になりうる人といったら、澄恵さんだけでしたから。家庭内で起こる怪異の原因って、十中八九は家の人の仕業なんです」

「しかし殺人とは、穏やかじゃなかったね」

「何言っているんですか。諸悪の根源は桐山氏ですよ。なにしろ、乙女を鬼女に変える実力の持ち主です。たいした妖物ですよ。性格に難のある人が権力を持つっていうのは、ほんとうに恐ろしいことです。だけど、妖怪って、やっぱりどこか悲しい存在ですね。最後は人間に退治されてしまう運命なんですね。彼も破局が訪れる前に早いとこ、人間に戻る算段をしておくべきでしたね」

「なるほどな。人間は堕落すると妖怪になるのか。なんだか、わからんでもないよ。ほんとうは殺しはよくないと言いたいところだが、当時の彼女たちはきっと、他の選択肢がないところにまで追いつめられていたんだろうね。それに僕が殺人を否定したところで……」

その先を言いよどんだ千尋のかわりに、夜見坂がつけ加えた。

「ほんとうだ、説得力ゼロですね。だけどあれはあれで、案外妥当な成り行きだったんじゃないかな。桐山氏の人となりを訊ねたときの澄恵さんと百合子さんの態度、見たでしょう？　色恋病をこじらせた人が、男女の別なく妖怪みたいに非人間的になるっていうのは、やっぱりほんとうらしかったな。じつは、ありふれた顚末《てんまつ》だったんだ。彼らは人の心を失《な》くした末に、まわりの誰かに刺されておしまいになる」

確信的にうなずいた夜見坂を、千尋は怪しむような目つきで見遣った。

「まるでそういうものを、じっさいにいくらも見てきたように話すね。きみは」

「ふふ、先代が、自分が見聞きしてきたものについていろいろおれに話して聞かせてくれたんです。自分よりずっと長生きした人の話を聞くのはいいものです。現実に生きてきた時間に加えて、何年も余分に長生きした気分になれます」

夜見坂の言葉に、千尋は得心したようにうなずいた。

「ははん、そうか。わかったぞ。きみのその妙な分別くささは、夜見坂氏の年代物の英知の、ほんの聞きかじりだったんだな」

いくらかの皮肉をきかせたつもりで口にした千尋の言葉を、しかし夜見坂はひどくうれしそうに受け取った。

「それ、これ以上ない誉め言葉です」


ひとすじの風が吹きこんできて、チリン、と風鈴を鳴らした。

にわかに起こっためまいの感覚に、千尋は何度かまばたきをした。目の前の景色に紗《しゃ》がかかり、夜見坂の声が、それを聞こうとする意識が、すっと遠くなる。われ知らず、ぐらりと身体が傾いた。

「……眠りは何より上等の薬。ひとつの害も及ぼさずによく身体に馴染《なじ》む良薬です。よかったら横になってひと眠りしていってください。最終のバスには間に合うように起こしてあげますから」

渡りに船とはこのことだった。まさにそれを頼もうとしていた矢先に言い出された夜見坂の提案に、千尋は一も二もなくうなずいた。さっき口にした茶のせいでもあるのだろうか、急にさしてきた眠気は強烈だった。

千尋は畳の上に横になって、肘枕に頭をのせた。半分開いた硝子障子から勝手のほうにすいと風が抜けて、また風鈴が鳴った。千尋は透き通った風鈴の音色に耳をくすぐられながら、額のあたりにまとわりついた重い眠気に身をゆだねた。

何度か風鈴の鳴る音を聞いた。涼しい響きはそのたびに遠ざかって、やがてすっかり聞こえなくなった。

夢のなかで電話が鳴っていた。

が、ほどなくそれが鳴りやんだ。かわりに人の話し声がする。

「――だって、手を尽くしてだめだったのなら仕方もないけれど、誰かにじゃまされたせいでうまくいかなかったりしたら腹が立つじゃないですか――よかったです。おれ、医学校の教官って、もっと強権的で物わかりの悪い人たちだと思っていました——イメージに、とらわれるのはよくないですね。ひとつ勉強になりました——へえ、彼女、栄養失調だったんですか——たまたま？　そんなのどうだっていいです。運も実力のうちでしょう？——はい、助けていただいてほんとうに感謝しています——はい、ありがとうございました」

目を開けると、見慣れぬ天井が目に入った。千尋は、徐々に自分が置かれた状況を思い出した。

——ああそうか、さっき夜見坂君にお茶をごちそうになって、ひと眠りさせてもらったんだった。

千尋は天井を——視界一面に並んだ茶色い板の行列を眺めながら、そんなことをぼんやりと考えた。

そこに突然、逆光に陰った夜見坂の顔が割り込んできた。

「あれ？　もう起きたんですか」

「いまの電話、誰からだったんだい？　ずいぶんといい報《しら》せみたいだった」

千尋はちゃぶ台の前に大儀そうに身体を起こしながら、夜見坂に訊いた。夜見坂はにこにこしながら、起き上がった千尋の向かい側に座った。

「ええ、ほんとうに。すごくいい報せでした。綾さんの病状、好転したそうです。助かりそうだって。よかったですね、千尋さん。これでもう史子さんに同情して一緒になって心を痛めたり、しょんぼりしたりする必要はありませんよ」

「僕は、べつに……」

しょんぼりなんかしていない、と強く否定しながら、千尋は自分の内心を夜見坂にすっかり見透かされていたらしいことにショックを受けていた。自分はそれほどわかりやすい人間なのだろうかと少々不安になった。

が、そんな懸念はあえて振り払って先を訊ねた。

「ところで、どうして綾さんの回復の報せが即座にきみのところに届いたんだろう。さっきの電話、あれはいったい誰からだったんだい？」

「ああ、千尋さんにはまだ話していませんでしたっけ。じつは綾さんのこと、その道の専門家にお願いしてあったんです。その人からですよ」

「専門家？」

けげんな顔で聞き返した千尋に、

「いやだな、病気の専門家っていったら医者に決まっているじゃないですか」

夜見坂はこともなげに言ってのけた。実際家《じっさいか》しかりとした顔つきで。

「きみが……別の医者に仕事を依頼したっていうのか？　まじない屋のきみが？」

「まじない屋だから医者とかかわっちゃだめって法はないでしょう？　まじないだろうと医学だろうと、効いたら何でもいいいんです」

「それはそうだが」

「それにその人、医者としてはかなり特殊な部類だと思うし」

「に、しても凄《すご》いよ。綾さんの担当医は、あの黒崎教官だったんだぞ。きみの知り合いがどんな人物かは知らないが、彼に横から口が挟めただけでも間違いなく凄い」

「そうか。彼、黒崎さんっていうんですか」

「またの名を、ミスター・ロジック」

千尋の、妙に含みをもたせた言いように、夜見坂が声をたてて笑った。

「なんだか彼の人となりに想像がつきましたよ」

「だろうね」

夜見坂につられて千尋も笑った。

にわかに室内が暗くなった。

日脚が移動して、勝手の窓から射していた光が失せたせいだ。陽が急速に翳《かげ》りはじめていた。いい潮時だった。千尋は夜見坂に暇を告げるべく、座布団から腰をうかせかけた。

ところが、そんな千尋の思惑を見越したように先に立ち上がったのは、夜見坂のほうだった。

「ねえ、千尋さん。帰る前に何かおいしいもの、食べに行きませんか？　いま、おれ、すごく良い気分なんです。有り余るこのしあわせを誰かに引き取ってもらいたいくらいなんです。だから夕飯、ごちそうさせてください。何でもいいですよ。洋食でも、天ぷらでも、お寿司でも」

「ばかに豪勢だね。しかし、年下のきみに食事をおごらせるのは気がひけるな。行くなら割り勘でうどん屋だな。今日は持ち合わせが少ないんだ」

夜見坂の豪気な申し出をありがたく辞退した千尋を、しかし夜見坂は不服そうに睨《にら》みつけた。

「お金のことなら平気ですよ。出張料と紹介料はちゃんといただきましたから。そうだ、うな重なんかどうですか？　甘いたれを焦がす炭火の熱さ。したたる脂が炎をあげて、香ばしい煙を立ち上らせる。こんがりと焼き上げられたつやよい皮目に、すんなりと箸の通る、とろけるようにやわらかな蒸し身。醤油の塩気と鰻《うなぎ》の脂が炊き立ての白飯に染みて、たまらなくいい匂い――」

が、ほんとうに鼻先に香ったような気がして、千尋の腹の虫が勝手に「行く《ぐう》」、と鳴いた。

夜見坂が言うとおり、自分は言葉というものを信じすぎているのかもしれないと千尋は思った。すらすらと並べたてられた誘惑の言葉に、こうもたやすく籠絡《ろうらく》されてしまうとは。けれどもその一方で、目の前の少年の言葉を何の懸念もなく信じることのできるしあわせを、千尋は心の底があたたかくなるような思いでかみしめずにはいられなかった。

千尋は、夜見坂と連れだって外へ出た。

早風呂帰りの銭湯客の浴衣《ゆかた》姿がちらほらと目につきはじめた夕闇の街路を、鰻屋に向かってのんびりと歩いた。重箱に詰まったしあわせを思い描きながら。話すそばから忘れてしまう無駄話に興じながら。

白い月が、幸福なふたりを高い場所から見下ろしていた。

開かずの間

何度も同じ夢を見る。

最初にこの夢を見たのはいつだったか。はっきりと覚えているわけではなかったが、見はじめてもう、何年かにはなる。ときどき浅い眠りのなかにあらわれては去っていく、これは音のない夢だ。


瞳子《とうこ》は広い部屋の真ん中にぽつんと立って、頭上を流れ過ぎていく時間を眺めていた。

白い漆喰《しっくい》壁。高い天井。まわりの様子はよく見えるけれど、室内を明るくしているのは陽の光ではなかった。窓のない部屋に、外の明るさが入りこんでくるはずはなかったから。といって、灯火《ともしび》のもたらす明るさともまた、違っていた。

部屋には電燈も燭台《しょくだい》もなかった。椅子も、テーブルも、寝台もない。空《から》っぽの四角い空間。六方を取り囲む白い平面のほかには、何もない場所だ。にもかかわらず、手に触れる壁はひんやりとなめらかで、頑丈そうで、そのことが瞳子をひどく安心させてくれる。

静かで、落ち着いていて、ひとりきりでいても少しも怖くなかった。

扉のない部屋。

瞳子は何年も前からこの景色を見続けている。つまりはこの部屋を知って以来、ここから外に出たことが一度もないのだった。それにしてもいったいどうやって室内に入ったのだろう。

――扉もない部屋のなかに？

ここに来る前、ずっと以前に、誰かと約束をした気がする。

――そのときが来たら、部屋を出て……。

あの人はそれから何と言ったのだったかしら。どうしても続きを思い出せない。

ふと胸をよぎったかすかな不安に、瞳子は目を伏せた。

――きっと余計な心配だ。

そう、自分に言い聞かせた。つとめて余分なことを考えないようにした。

――約束なんてどうでもいいじゃない。

ここはこんなにも安全なのだから。出口がないのは、出ていく必要がないからだ。ずっとここにいればいい。

――そう、ここは安全。

白い部屋は瞳子を守るために存在している頑丈な防壁だった。瞳子はそのことを知っている。それに。

――どうせ、これは夢なんだから。

何年も見続けている、これは夢。眠りのなかの、ただのまぼろし。

1

薄暗い部屋のなかで青井《あおい》瞳子は目を覚ました。

窓の外では、今朝もひそやかな雨音が続いていた。雨はときおりの小休止を挟みながら、もう三日も降り続いている。

飾り時計の文字盤が、午前四時半をさしていた。

ずいぶんめずらしいことだった。こんなに早い時間に、それも、これほどすっきりと目が覚めるのは。夜の名残《なごり》をとどめた灰色の天井を眺めながら、瞳子はしばらく寝台に横たわったままでいた。ふと愉快な計画が心にうかんだ。

ひとりきりで朝食を済ませてしまおうと思った。調理場の戸棚のなかに常備してあるパンと毎朝勝手口に配達される瓶入り牛乳、それだけあればじゅうぶんだ。さっさと食事を済ませてしまえば今日はあの、気重な朝食の席につかずに済む。瞳子は手早く身支度《みじたく》を整えて部屋を出た。

──それなのに。

どうしたことだろう。階下の食堂には、すでに明かりが灯されていた。朝食の開始はいつも七時頃だ。したがって、食堂に人が出入りしはじめるのはその半時間ほど前になる。いつもより二時間も早い。瞳子は不審に思いながら、開け放された出入り口から明るい食堂をのぞき込んだ。

白々とした照明にさらされたテーブルの上には、すっかり朝食の支度が整えられていた。ものものしい洋風の食卓である。給仕つきの贅沢《ぜいたく》な食事は、瞳子が物心つく以前からの青井家の習慣だった。

ところで、通常は無人であるはずの早朝の食堂に早々と明かりが灯され、食事が準備され、皿とカトラリーが触れ合う音までがしている理由は、ひと目であきらかになった。単に、先客がいたためだ。長テーブルの向こうの端で、背広姿の青年が食事をしている。深山薫《みやまかおる》だった。瞳子の婚約者にして、後見人でもある人物。加えて普段からなるべく顔を合わせないようにしている相手でもある。

──そう、だから。

早く目覚めたのをさいわい、彼との朝食の席を避けるつもりでいたのだ。ほんのさっきまで。それが、かえって一緒になるのを狙って食堂にあらわれたような格好になってしまい、瞳子はずいぶんがっかりした。つまらない気まぐれを起こしていつもと違う時間に食堂に下りてきたばかりに、ほんとうなら会わなくても済んだはずの嫌な相手と鉢合わせすることになってしまった。とはいえ、最低限の礼儀には従わなければならない。いまさら回れ右をして立ち去るというわけにもいかなかった。瞳子はそのまま食堂に入り、しぶしぶと自分の席に腰を下ろした。

長くこの家で家政を取り仕切っている吉田希和《よしだきわ》が、時ならぬ女主人の登場に多少あわてたようなそぶりを見せたが、ともかく仕事は手慣れたもので、すぐに薫が食べているのと同じ料理が瞳子の目の前に用意された。

沈黙の食卓であった。これが何かの儀式でないとすれば、深刻な仲たがいの最中かと危ぶまれるところだったが、じつのところ、これが瞳子と薫、未来の夫婦が居合わせたときの、あたりまえの在りようだった。いわば、平常状態だ。

なにしろ「塩を取ってください」程度のやりとりもないのだから、会話の貧しさにかけては間違いなく見知らぬ他人以下であった。長テーブルの端と端に腰かけたふたりのために、それぞれに専用の調味料入れが一揃いずつ用意されていた。それを別々に使うため、沈黙も徹底されるというわけなのだった。

にもかかわらず。その日、目覚めの時点からいつもの調子をはずしていた瞳子は、やはり今朝に限っていつもと違うことをした。理由はわからない。湿気で重たくなった髪のせいだったのか、あるいは降り続く雨がもたらした肌寒さのせいだったのか。とにかく、不測の何かが瞳子に余計な言葉を吐かせた。

瞳子は膝《ひざ》にかけたナプキンで、口を拭いながら言った。

「今朝はずいぶん早いのね」

「ええ、予定より船荷が遅れているので。どうしても直接港湾局《こうわんきょく》に出向いて、早々に確認しておきたいことがあるんです」

久しぶりに耳にした瞳子の声に、食事を終えて席を立ちかけていた薫は、とりあえず足を止めて彼女を見た。

瞳子は、目の前のオムレツを必要もなく凝視しながら続けた。

「だったら今日くらい、自動車をお使いになってはどうかしら？　わたしなら、バスを使うから平気よ」

やっとのことで顔を上げた瞳子に、薫が微笑してみせた。あいかわらず親しみのかけらも感じさせない、皮肉っぽい笑い方だった。

「できませんよ。社長令嬢のあなたをさしおいて、一介の使用人である僕が車を使うなんて」

「結構よ。いまさら何も遠慮することなんかないじゃない。あなたはいまや、その社長令嬢の婚約者なんだから。ついでに言えば、青井貿易の代表者で、社長も同然。わたしの学校なら、通りの向こうのバス停からほんの数駅先の距離ですもの。車はあなたが使って」

薫は軽く頭をひと振りして、瞳子の提案を退《しりぞ》けた。以後、まるで瞳子の存在を無視するかのような態度を徹底した。

薫は、かたわらに控えていた秘書を手振りで呼んだ。

「真辺《まなべ》、通訳の手配はできているな」

「はい。むこうで直接合流することになっています」

「ならいい。では、そろそろ行くか」

薫はそのまま秘書を従えて、瞳子を一瞥《いちべつ》さえせずに食堂を出て行った。

瞳子は薫の後ろ姿から黙って目を背けた。それからうつむいて、食事を続けた。オムレツにナイフをあてた。焦げ目のない菜の花色の生地にすっと銀の刃が沈みこんだ。

瞳子はオムレツを切り刻みながら、薫が自分のなかに残していった感情を、じっくりと検分しはじめた。

――たぶん、怒りではない。

――悲しみでもない。

──だったら、これは……？

身体のあちこちから力が抜けていくような……

──徒労感。

瞳子はすっかり意気消沈してため息をついた。うっかり、自らの無力とはかない立場を再確認してしまった。そして遅まきながらに思い出した。

それが何であれ、薫が決めたことに意見を差し挟むほど無駄なことはなかったのだという、身もふたもない事実を。

──まったく、いまさらだわ。

初めからわかっていたことだった。今朝、久しぶりに白い部屋の夢を見たせいで、少し頭がぼんやりしてしまっていたらしい。

奇妙なことだったが、あの夢を見たあとはいつも決まって、力が抜けたようになる。注意が散漫になって、思考力が落ちる。なぜだかわからなかったが。だからこんなふうに、あたりまえのことを不注意にも忘れたりする。

──あの人にとって、わたしは何ほどのものでもない。

そのことを瞳子はもう一度、物覚えの悪い自分自身に言い聞かせた。

──あの人に家族らしい反応を期待しちゃだめ。そんなことをしたら、無駄にがっかりさせられるだけだわ。

彼は純粋な支配者だ。瞳子の意見を聞くつもりなど、はなから持ち合わせてもいない。なぜなら家内のすべての事柄における決定権は、薫だけに属していたからだ。考慮する必要のない他者の意見など、ただの雑音だ。薫はひとりで考えて、ひとりで決める。やりたいようにやる。彼にとって、瞳子はおそらく記号だ。薫は青井貿易の社長令嬢の未来の婿《むこ》養子。瞳子は公式の場でのみ彼のかたわらにあって、薫の社会的地位を保証する。いわば金ぴかの徽章《きしょう》のようなものだ。だから、薫が瞳子に期待していることはおそらく、このひとつきりだ。

ちゃんと生存しているか。

日々の、薫との生活にかんがみて、彼にとって瞳子がそれ以上のものだとはとても思えなかった。

妙な格好や言動をされてはさすがに都合が悪いだろうが、とにかく存在さえしていればいい。婚約者が何を考えているか、何を望んでいるか。じっさいのところ、そんなことは彼にとってはどうでもいいことなのだ。必要な場所で、必要なときに、置物のように確実にそこに存在していることこそが重要なのだ。

そば仕えの希和が差しかける傘の下から、瞳子は車の座席にすべりこんだ。夏服のワンピースの裾《すそ》を膝の下にたくし込んで、そろえた両足をすばやく車内に引き上げた。細いストラップ付きの革靴を定位置に納めて、瞳子は軽く頭を傾けた。セーラー襟《えり》にかかった短いおさげ髪が、するりと肩からすべり落ちた。

「いってきます」

希和が深々とお辞儀をしてドアを閉めた。車が走りだした。

瞳子は車の窓硝子《ガラス》を覆った曇《くも》りを指先で拭って、外を見た。

白く煙る霧雨《きりさめ》のなかに、薔薇《ばら》の庭園に囲まれた瀟洒《しょうしゃ》な洋館が水彩画のように滲《にじ》んで見えた。たくさんの水滴をはりつかせた車窓を透かして見る青井屋敷は、まるで小さなおとぎの城のようだ。スレート葺《ぶ》きの赤い屋根と、石積みの壁。塔のように雨空に突き出した高《こう》楼《ろう》が、どんどん小さくなっていく。

青井家の屋敷は、新し物好きだった瞳子の父親が結婚と同時に普請《ふしん》した、西洋風の邸宅だった。あらためて眺めてみるにつけ、屋敷の外観はほんとうにおとぎのお城めいていて、ずいぶん浮世離れして見えた。

瞳子の父と母はそんなおとぎの城の住人にふさわしく、とても仲の良い夫婦だった。屋敷の造作に限らず西洋趣味は両親に共通のもので、青井家の日常はハイカラな品物や行事に華やかに彩られていた。

それにはまず、父の貿易商という職業が大いに影響していた。伯爵家の二男である父、青井髭郎《しろう》は、商学校を卒業したあと、王都で立ち上げた食品輸入の事業を首尾よく成功させた。先の戦争が徐々に過去となりつつあった世相のなかで、贅沢な嗜好品《しこうひん》は都市に住む人々の関心をよく惹《ひ》きつけたらしい。折からの好景気の風にも吹かれて、父の事業は順調に業績を伸ばした——というのは、後《のち》に希和が瞳子に語って聞かせてくれたところである。

当時の生活について、残念ながら瞳子はそれほどたくさんの記憶を持っていなかった。憶《おぼ》えているのは一枚絵のような断片的な場面ばかりだ。

たとえば、家内の皆で彩京町《さいきょう》の桜の名所に花見に出かけたこと。薄桃の花弁が綿雲のように水色の空を覆っていた。海水浴。焼けつくような砂の熱さ。夏の終わり。真っ白に霜の降りた庭で、秋草をつんでいた母。たくさんの星をちりばめたクリスマスツリー。それから、毎日のお茶の時間。いつも口にしていた、お菓子の思い出。

青井家のお茶の時間には、決まって西洋菓子が登場した。バタークッキー、チョコレート、アイスクリームといったカタカナ名前のお菓子は、屋敷に招待した瞳子の子供時代の友人たちを一様にめずらしがらせ、喜ばせたものだった。

めずらしいことといえば、母、響子《きょうこ》はその年代の婦人には稀《まれ》なことに、日常を洋装で通した人だった。西京町の大きな呉服屋が実家であったのにもかかわらず、和服には目もくれず、外国人町の洋品店であつらえたワンピースや、すっきりと形の良いデザインのブラウスや、スカートをふだん着にしていた。

母親の匂いを覚えている。母が愛用していた香水の名前を知る機会はついぞなかったが、あの瑞々《みずみず》しい夏の果物のような香りを、瞳子はとても気に入っていた。

父についての具体的な思い出はほとんどなかった。しかしそれは、父に存在感がなかったということではまったくない。父の在宅時には屋敷のなかの空気が、確かにいつもとは違っていた。冬の明け方の寒さに似た、冷たい緊張。

父は厳しい人だったのだろうか。たぶん、そうではなかったと思う。父に叱られたり、怒鳴られたりした記憶など、まったくなかったからだ。

ともあれ、そんな両親のあいだで瞳子が呑気に育ってきたことはまず、間違いなさそうだった。どんなに記憶の底をさらってみても、両親にまつわるつらい思い出を見つけることはできなかったからだ。

良い出来事というのは、記憶に残りにくいものらしい。気にする必要のないことだから、とりたてて心に刻み込まれることがないのだという。つまりはそういうことなのだ。

――両親と一緒に暮らしていた頃、わたしはとても幸福だった。

その父母に死別して、六年がたつ。

ふたりの面影は年ごとに不鮮明になっていき、一緒に過ごした日々の記憶はどんどんあいまいになっていく。過去は乾いた砂のように瞳子の手からこぼれ落ちていき、わずかに手のひらの上に残されたのは、子供の頃、両親に対して抱いていた懐かしい感情だけだ。

——わたしはふたりを、とても好きだった。

きっとそれだからこそ、こんなにも細部がはっきりとしないのだ。

両親はもういない。瞳子の両親は、六年前に青井家を襲った強盗のせいで命を落とした。仲の良かったふたりはこの世を去るときまで一緒だった。そのとき、瞳子はどこで何をしていたのだろう。当時、瞳子は十二歳だった。死が理解できない齢《とし》ではない。強盗事件を他の何かと勘違いする齢ではもちろんない。

なのに、奇妙なことだった。事件について、瞳子は何も記憶していないのだ。

別れのとき、瞳子は見も知らぬ犯罪者に殺された両親を悼《いた》んで泣いただろうか。ふたりを喪《うしな》った絶望に、打ちひしがれただろうか。

きっとそうだったのに違いない。しかし、どちらも推測にすぎなかった。瞳子はやはり、そのときのことを憶えていなかった。棺に納まった、ふたりの死に顔を憶えていない。確実にあったはずの葬儀の情景を憶えていない。

——わたしは、葬儀には立ち会わなかったの？

そんなはずはない、と思い直した。ひとり娘である瞳子が、両親の葬儀に参列しないはずがない。第一、葬儀に出なかったという記憶さえないのだ。

——薄情な娘。

両親がいなくなっても、たいした不自由をしなかったということは、ほんとうだった。もともと瞳子の身のまわりの世話は、家政面の仕事の一部として、古参の使用人であった希和が一手に引き受けてくれていた。父や母にかかわった時間よりも、彼女と接する時間のほうがよほど長かったのだ。

そのせいか両親の死後、ふたりについてのいろいろなことが、あっけないほどあっさりと瞳子から遠ざかった。

希和は事件のあとも、少しも変わらなかった。頑《かたく》なまでにいつもどおりにふるまった。事件以前の生活習慣を一切、変えようとしなかった。同情の文句も、励ましの言葉も口にせず、ひたすら平たんな道を歩き続けるようにして、瞳子に接した。

もしかするとそんな彼女のふるまいのおかげで、悲しみの尾を長く引きずらずに済んだのかもしれない。

気がついたときには、何もかもが片づいていたような気がする。瞳子のなかで、亡くなった両親はいつしか、物語のなかの登場人物のように非現実的な存在になっていた。

大事件だったはずの両親の死がたちまち風化してしまったことについては、こんなふうにいくつかの理由を並べることができたが、しかしそのどれをとっても、深山薫の存在に勝るものではなかった。

薫はその才覚と忠実な働きぶりによって、主人亡きあとの青井家の経済を、以前と遜色《そんしょく》のないレベルで維持し続けていた。事件直後から、いまに至るまで。おかげで瞳子の生活は、その基盤となる物質面においても、ほとんど変化することがなかったのである。

薫は、瞳子が父親から相続した会社——青井貿易の従業員である。そして、くだんの強盗事件の被害者遺族でもあった。不運なことに、薫の父親はその日、青井屋敷で瞳子の両親を襲った強盗事件の巻き添えになって亡くなった。

母親を災害で亡くし、兄弟も持たなかった彼は、事件の日を境にして、瞳子と同じく孤児になった。

当時、薫は青井貿易に事務方の社員として勤務していた。商学校を出たあと、あたりまえのように青井貿易の社員であった自身の父親の下について仕事をするようになったものである。

三年後、強盗事件が起こった。そのさい、彼は若さに似合わぬそつなさで、青井家の資産の保全と管理をやってのけた。去年、瞳子の婚約者として名乗りをあげたとき、社員の誰からも異議が申し立てられなかったのは、彼の実力の証左だろう。

　薫が会社や相続にかかわる雑務の一切を引き受けてくれたおかげで、瞳子は両親の急逝《きゅうせい》という恐るべき危機を、やすやすと乗り越えることができた。

　日々の生活は平静に、安閑《あんかん》と続いていった。

　父親の事業の失敗や急死によって、温室の花園からいきなり厳冬の荒野に放り出される子女の悲劇は世にありふれていた。しかしさいわいにも、瞳子はその種の悲惨《ひさん》に直面せずに済んだ。薫のおかげだ。

　瞳子の身のまわりでは、物事は勝手にうまく運んでいった。瞳子はただそれを受け入れた。

『わたしの両親は不運な事故で世を去った』

　いまや瞳子にとってその一文は、感傷的な文字の羅列《られつ》にすぎなかった。どこか遠い場所で起こった大事件を告げる、古新聞の見出しのような。

　それでもときどきは、両親や事件のことを考えてみた。しかしどうしても、感じて当然の悲しみや怒りを実感することはできなかった。どこまでいっても傍観者なのだ。瞳子はそんな自分を確認するたびに、何に対してともつかず、小さなため息をつくのだった。

「お嬢様は、ほんとうに運がおよろしかったですよ。あんなふうに恐ろしい事件でご両親をお亡くしになったのはそりゃあ、大きなご不幸でございましたけれど、薫様がいらっしゃったのはまったく、不幸中のさいわいでございました。おかげでお嬢様は、人に騙《だま》されもせず、痛めつけられもせず、財産も家屋敷もすっかりご無事で。このご時世、世慣れぬお方がおひとりで世間に放り出されたとあっては、どんな悪い人間の手に落ちるかわかったものじゃございませんからね。

私も、薫様がお嬢様の後見人になってくださると思えばこそ、大船に乗った気持ちでいられるというものです。そのうえ、いずれ夫君になられるとなれば、私といたしましてはもう何も申し上げることはございません。ほんとうにまあ、良い巡り合わせだったこと。奥様も旦那様も、草葉の陰できっと胸をなでおろしておいでですよ」

ずいぶん声の大きな独り言だった。

希和はときどき、こんなふうに口に出して瞳子の幸運をしみじみと確認するのだった。たとえば気持ちのいい休日の午後、居間でのんびりとお茶を飲んでいるようなときに。まるで自分自身に言い聞かせるようにして。

正直なところ、辟易《へきえき》した。薫の世話になっていることについては希和に言われるまでもなく、瞳子自身、他の誰よりもわきまえているつもりでいたからだ。

口惜《くや》しいが、希和の言っていることは反論のしようもない事実だった。瞳子の生活は薫のおかげで成り立っている。瞳子を記号扱いする薫のことを悪く言う資格は、じつは瞳子にはなかった。瞳子にとっても、薫は『保護者』という記号でしかなかったからである。

彼にとっての瞳子同様、深山薫は、瞳子にとっても、なくてはならない存在だった。

2

「富士子《ふじこ》さん、今月いっぱいで退学ですってよ」

瞳子の耳もとを覆っていた眠りに似た静寂を、その声はひそやかにうち破った。

しんと静まり返った自習室である。卓上灯が放つ黄色い光が、鉛筆を持った手許を明るく照らしている。それまで外国語の書き取りに没頭していた瞳子は目を上げて、秘密めかしたささやき声の主の顔を見た。

身体《からだ》の片側をやはり卓上灯の光で黄色くそめた四方田喜久子《よもたきくこ》が、眼鏡の奥から生真面目《きまじめ》なまなざしを向けていた。ことさらに低められた声は、自習中の他の生徒を憚《はばか》ってのことである。

瞳子は立ち上がって、喜久子の席のすぐそばに椅子を寄せた。それから喜久子同様、小声で訊《き》き返した。

「富士子さんもやっぱり……そうなの?」

この、極端に簡略化された問いかけは、富士子の退学理由を確かめるものである。つまり、結婚、あるいは婚約が決まったのか。相手は誰なのか。結婚式はいつなのか。そういった質問が、このひとことにまとめて凝縮されているのである。

内輪《うちわ》にありふれた事柄や状況を、符丁《ふちょう》や短縮語をもって表現することは、親しい間柄につきものの甘やかな楽しみである。瞳子の通う学校、海晴《かいせい》女学院の生徒たちのあいだでも、会話や決まり文句の省略は、好んで多用されるところだった。

海晴女学院は、港湾事業者、貿易商、海運、金融業者、その他諸々、一帯の裕福な家庭の子女を集める、私立女子学校である。

喜多野《きたの》町の西端に位置する小高い山の中腹に、三階建ての白亜の校舎を優雅にそびえさせている。講堂や食堂、礼拝堂が付属した建物群は、豪華な西洋建築でありながらも重厚過ぎず、明るく快活な印象を与えた。港湾都市を眼下にのぞむ立地にふさわしい、軽やかな雰囲気をたたえた女子学校であった。それは恵まれた少女たちのための贅沢な遊技場ともいうべき施設であり、じっさいのところ、同校が生徒の父兄に要求する授業料の額も破格であった。

瞳子の問いかけに、喜久子はいったん眉根を寄せてから、いかにも残念そうにうなずいてみせた。そのしぐさの意味するところは、

――結婚、お気の毒！

である。

「もったいないわね。せっかくの学生生活を半年以上も残して辞めるなんて」

喜久子が、いかにも同情的な口調で言った。

「それで……富士子さんは何ておっしゃってるの？」

「何も。もう決まったことだもの。親に逆らってどうなるわけでなし、こうなったら言われたことにおとなしく従うだけじゃないかしら」

「それは、そうよね」

ため息まじりにつぶやいた瞳子と喜久子は、そろって苦笑した。

丸顔の喜久子の笑顔は福々しい。そのおもてにふと陰気な影がさした。笑みが消えた。

「学校は楽しいけれど、ときどき不安になるわ。だって、貞淑《ていしゅく》、従順、忍耐。清く、可憐《かれん》に、美しく。ここで教えられていることって、ほんとうのところ、何の役に立つのかわからないんですもの」

「未来の夫に愛されるために役立つんでしょう？　彼に従い、家に仕え、国家と国王に忠誠を尽くし、良い子供をたくさん産んで育てる。目上の人間には何がどうあろうとけっして楯《たて》突かず、可愛《かわい》がられるための教育……にはなっているんじゃないかしら」

「そういうことを言ってるんじゃないの。実際的な我が身の助けになるのかってことよ。結婚したら女子に属するすべての権利と財産は夫に移譲されるでしょ。わたしたちは夫の愛情――というか、良心にすがって生きるしか道のない、はかない存在になるわけよ。どんな良家の奥方だって例外じゃないわ。家長は家庭内の絶対者ですもの」

「そうね」

「そうねって瞳子さん、それがどういうことだかわかっているの？　いくら宝石や贅沢な衣装で身を飾ってみたところで、内実はただの文なしじゃない。きれいな格好をするのは、まったくの対外宣伝。だって、恥ずかしいものね。身内の女性がみすぼらしい格好をしていちゃあ。だけど、皆さん、現金はほとんど持たせてもらえないそうね。買いものはいつも掛け買いで。請求書は夫が清算。持参金まで彼が管理するのだもの、これじゃあまるで金の鎖につながれた飼い犬だわ。家出しようにも、琴や和歌の素養で食べていけるわけがない。そりゃ、料理や仕立物はひととおり教わったけれど、所詮《しょせん》は素人芸《しろうと》よね。こうなるともう、急所を押さえられたも同然じゃない？　相手にどんな要求をされてものむしかない。夫が鬼のような男性だったらどうすればいいのかしら」

「考え過ぎよ。わたしの両親はとても仲が良かったわ」

「ほんとうに？」

「ええ」

「あやかりたいものだわ。うちは、そうでもないもの。ねえ、先生方が、わたしたちにお金の稼ぎ方を教えてくれないのは、わざとだと思う？　だとしたら女学校って弱者養成機関よね」

「いいじゃない、何もかも人に任せておけば楽ができて。そのままどこまでも流されていけばいいのよ」

「あなたは、すてきな婚約者兼保護者様がいるからそんなことが言えるのよ」

喜久子は瞳子の手許に光る婚約指輪に目を遣《や》った。

「ほんとうにわたし、びくびくしているのよ。この先、どんなおかしな縁談を持ってこられるか、わかったものじゃないもの」

「だけど、皆さんそうして結婚していくんじゃない？」

瞳子の答えに、喜久子は恐ろしく深刻な表情を作って反駁《はんばく》した。

「わたし、婚家の井戸に飛び込んだ女性をふたり知っているわ」

「だけどそんなの、めったにない話でしょう？」

「ありふれてちゃ困るわよ」

「つまり、あなたは自分でお金を稼げるようになりたいってことなの？」

「そうよ。わたしは自分で自分を養いたいの。それができる人間になりたいの。職業が欲しいの。ほら、お金は鋳造《ちゅうぞう》された自由って言うじゃない」

「ずいぶん物騒なことを言うのね。この国では、自由はすごく高くつくわよ。男の人でもそうなんだもの。女ならなおさら」

「知ってる。でもわたしは諦めきれないの。贅沢なんかいらない。召使いもいらない。ただ、健康的でつつましい生活を望んでいるだけ。そこそこに働いて、そこそこに生活をつないでいける——世の中はどうしてそういうふうにできていないのかしら。男にしても、女にしても、尊敬できない主人に口応《くちごた》えひとつできずに仕えなければ生きられないのがふつうだなんて、ぜったい変よ。わたし、結婚するのが嫌だって言っているわけじゃないのよ。そういう制度が悪いとも思わないわ。尊敬できる相手なら、喜んでします。身を粉《こ》にして尽くしたっていいわ。だけどそんな相手、どうやって見つければいいのかしら」

　喜久子が真剣にその問題に取り組んでいる様子だったので、瞳子は思わず笑ってしまった。おかげで喜久子はますます憤慨した。

「もう、瞳子さんは不真面目なんだから」

「そうじゃないわ。喜久子さんは偉いな、って思っただけよ。わたしはとてもそんな苦労をする気になれないもの。理想を求めるって、ずいぶん力がいることだわ」

「はい、はい、わかっているわよ。あなたが現状にすっかり満たされているってことくらい。いいこと？　そういうのを世間ではしあわせぼけっていうのよ。あなたは反発する必要を感じないでいられるほど恵まれているの。幸福すぎる日常に倦怠《けんたい》して、人生わかったような気になっているだけなのよ」

「そうかしら」

瞳子は、今朝の食卓の風景を胸のうちによみがえらせながら、弱々しく微笑《ほほえ》んだ。

昼前に雷を伴って激しく降った雨は、午後には鳴りをひそめていた。

低く垂れこめた雨雲の灰色がいくらか薄くなり、ときおりあらわれる雲の切れ間からのぞく陽の穂先が、淡い光の線となって雨に濡れた地上を照らしていた。

月曜日の時間割の最後の授業は、九カ月後に控えた卒業式のための讃美歌合唱の練習にあてられていた。音楽教室に続く通路は、東棟の二階にあって、東西に長くまっすぐのびている。

生徒たちは、通路に沿って並んだ窓からさしこむ薄日のなかを、小鳥のように笑ったりふざけあったりしながら、騒々しく移動していった。

瞳子はそんな少女たちの流れにまざって歩みを進めながら、何気なしに窓の外に目を遣った。見下ろした窓の下はちょうど、駐車場になっていた。芝生に囲まれた庭のなかで、そこにだけ、むき出しの土がのぞいている。まばらに自動車が並んでいた。

ふと、一台の車が目についた。瞳子ははっとして、ほとんど反射的にそこから目を逸らせた。暗澹《あんたん》とした気持ちで通路に視線を戻した。瞳子を待って待機している、あれは青井家の自動車だった。

この学校では、登下校に自家用車を利用している生徒が多数派を占めていた。バスや徒歩で通う生徒がいないわけではなかったが、少数派だ。ただし、主人を送り届けたあとも屋敷に引き返さず、終課の時刻までずっと車を待機させている家庭となると、かなり稀少――というより、ほとんど例《ためし》がなかった。

どういうつもりなのか瞳子には知りようもないことだったが、これも薫の指示だった。もともと瞳子が学校に通うことには大反対した薫だった。学校に通えないのなら窓から飛び降りると騒いで脅して、やっと引き出した譲歩がこの、囚人並みに厳重な護送通学だった。ちょっとふつうではない過保護ぶりである。少なくとも、瞳子にはそう思えた。

瞳子は忌々《いまいま》しいようなうんざりするような、とにかく不愉快な気分から逃れるべく、毎日毎日辛抱強く自分を待ち続けている自動車の残像を頭のなかから追い払った。

薫は、瞳子を外に出したがらない。それでも、どうしてもそうする必要のあるときは、必ずお供の人間をつけた。よほどの不都合がない限り、それは決まって希和の役回りだった。

だから十八歳になったいまも、瞳子はひとりで外出をしたことがない。いまどき王族のおひいさまでもあるまいに——と、反発してみても、それを誰に訴えるというわけにもいかなかったし、逆らう方法もなかった。

それでもはじめのうちは、薫の支配にはっきりと反抗の姿勢を示したものだった。それがあとになってはいくらか下手に出ることになり、おしまいには抵抗を諦めた——ふりをすることになった。

息が詰まるような圧迫感。青井家の自動車はいましも、逃れられない運命のように瞳子を見張っている——ような気がした。

瞳子はかぶりを振った。

ここのところ、憂鬱《ゆううつ》な雨模様の毎日が続いているせいだろうか。いつになく苛々《いらいら》がつのった。心のなかでうるさく騒ぎたてる不満の声が、反抗心の波がしらが、大きくうねって、高々と伸び上がった。

——自由に歩きたい。

その、どうしようもない衝動を——その日に限って、瞳子はどうしても抑えつける気になれなかった。

瞳子はその場に立ち止まった。

ついに。

「わたし、行くことにする」

だしぬけに意味不明の発言に及んだ瞳子に、となりを歩いていた喜久子が不審のまなざしを向けた。あきれ声で言った。

「行くって、どこに？　音楽室にならいま向かっているところじゃない」

「そうじゃなくて……」

「おかしなこと言うわね。だったらどこへ行こうっていうの？」

「どこへでも」

瞳子の答えに、喜久子はぽかんと口を開いた。何か返そうとして、しかし適当な言葉を見つけることができずに、開いた口はそのままになった。

あっけにとられている喜久子に、瞳子は持っていた譜面を押しつけた。

「これ、次まで預かってて」

そのままくるりと身体の向きを変えて、後ろも見ずに歩き出した。できる限りの早足で通路を引き返した。逆方向にすれ違う少女たちの何人かが、けげんそうに瞳子を振り返った。彼女たちの、おばけでも見るような顔つきに、瞳子は笑い出しそうになった。

逃亡の逸楽《いつらく》。不謹慎な興奮が、さっきまで持て余していた、しおれた気持ちをみるみる生き返らせてくれた。自由への予感と期待が、瞳子の足どりをどんどん速く、軽やかにした。

瞳子はやがて鳴りはじめた始業の鐘の音を無視して、ポーチに続く中央階段を駆け下りた。両腕に力を込めて硝子扉を押し開き、裏庭に出た。濡れた草木の匂いが雨の残り香と一緒になって、校舎から飛び出した瞳子の身体を軽々と受けとめてくれた。

雨の重みに抜け落ちそうな暗色の雲の下を、瞳子はどんどん歩いた。その足でまっすぐに裏門を抜けた。さらに市街に続く一本道を下っていく。瞳子の目線の下に、湿気に滲んだモノクロームの街並みが広がっていた。

暗く、湿っぽい灰色の風景。にもかかわらず、それをひとり睥睨《へいげい》する瞳子の心は、浮き立つようにほがらかだった。小高い丘の斜面に立った自分だけが、この単色の世界で唯一、鮮やかに色づいているように思えた。

石畳を踏んで進んだ。足もとで高らかに靴が鳴る。流行歌を口ずさむ。

——わたしは、どこへでも行ける。

瞳子はめまいのするような自由の感覚を、その手に握りしめた。

瞳子はどこへも行けなかった。

夢と同じだった。目の前に白い壁はないけれど、見えない壁が瞳子のじゃまをして、どこにも行かせてはくれなかった。

瞳子は見慣れぬ街の景色のただなかで、心許なく立ち尽くしていた。

つかの間の興奮が過ぎ去ってしまうと、どうしようもない心細さだけが残った。進むべき道を選びあぐねて。疲れ果てて。途方に暮れて。

かくして、待ちかまえている自動車をだしぬいて心ゆくまで自由な時間を満喫するという瞳子のささやかな計画は、あっけなく頓挫《とんざ》した。ひとりでの外出にまったく慣れていない瞳子には、そもそもが大それた冒険だったのだ。

瞳子は、自分の気まぐれと軽率な行動の報いにいまさらのように打ちのめされながら、道の端にそびえる電柱を見上げた。柱のなかほどに打ちつけられた標識に、元待町《もとまち》という地名が読めた。

――元待町？

知らない町だった。いや、町名だけなら知っていた。通学の途中にある町だったからだ。

とはいえ、自動車の窓の内側から見たことがあるだけの町を、知っている町とはいわない。

一度も降りて歩いてみたことのない街路は瞳子にとって、ほとんど外国の街並みも同然だった。

とはいえ、いまさら道順を知らないことを問題にしてみたところで仕様がなかった。こうなったらとにかく、自宅のある方向――東に向かって進むしかほかはない。

瞳子は、せかせかと先を急ぐ通行人の流れに従って、果敢に進みはじめた。他人に不審がられることのないように、なるべく平静に。慣れたそぶりを心がけて。

なのに、不安のあまり、ついきょろきょろとよそ見をしてしまう。足運びがぎくしゃくしてしまう。だから、思いがけず通りの向こうにバス停を見つけたとき、瞳子は安堵《あんど》のあまり、その場にへたりこみそうになった。

かつてバス通学を画策したことのある瞳子である。そこから東行きの便に乗りさえすれば屋敷に面した通りまで行けることを知っていたのだ。

瞳子はすっかり救われた気分になって心を逸《はや》らせた。すぐさまそこに駆け寄ろうとした。ところが、踏み出しかけた足はそこでそのまま止まってしまった。

現金を持っていないことを思い出したからである。

瞳子は普段から財布を持たされていなかった。買い物の代金はいつもお供――希和が支払った。だから、ひとりのときはバスの運賃が払えない。初めからバスに乗ることなど想定されていない身の上なのだから、現金を持っていないこと自体には何の不思議もないのだが、ともあれ、いまここでバスに乗ることだけは諦めるしかなかった。

瞳子はうなだれて、歩行を再開した。

そのうちに大通りが途切れて、住宅街に入った。じきに迷った。迷路のように――少なくとも瞳子にはそんなふうに見える――入り組んだ路地を、行ったり来たりした。そのうちに方向を見失った。気がつくと、まだそんな時間でもないはずなのに、あたりはずいぶん薄暗くなっていた。雨の匂いが強くなった。

ほどなく灰色の雲の底から、大きな雨粒が落ちてきた。冷たいしずくが、瞳子の髪を、頬《ほお》を、肩を、ぼとぼとと濡らしはじめた。

最初から勢いよく降りだした雨は、白い紗《しゃ》の幕となって、広く地上を覆っていった。どんどん密度を増していく雨脚のなかを、瞳子は追い立てられるようにして走った。雨宿りができそうな軒先《のきさき》を求めて、せわしなく周囲に視線をめぐらせた。

跳ねた泥水が容赦なくワンピースの裾を濡らす。前髪の先から連なるようにこぼれ落ちる水滴が、意地悪く瞳子の行く手をかすませた。

やっとのことで商店の軒下に飛び込んだときには、水の底をくぐり抜けてきたようにずぶ濡れになっていた。見上げた軒先からは雨水が細い滝になって流れ落ちてくる。雨は勢いづいていくばかりで、小やみになる気配もなかった。

それでも、少しでも早く雨が降りやむことを瞳子は期待した。そうして待っているうちに、勝手に身体が震えはじめた。

季節は夏を目前にしていたが、梅雨寒《つゆざむ》のさなかに濡れ鼠《ねずみ》になったとあっては、まったく当然の成り行きだった。

——寒くて死にそう。

いよいよ途方に暮れて、瞳子はうつむいた。両腕に震えの止まらない身体を抱いて、きつく目を閉じたとき、声をかけられた。

「まさかお客さん、いまさら傘が入り用だなんて言いませんよね」

目を開き、顔を上げると、大きなこうもり傘が目前に迫っていた。その下に見えるのは、白いカッターシャツと黒いズボンだ。半袖《はんそで》シャツからすらりとのびた手の片方に、湿気でくったりとしなびた茶色い紙袋が提げられていた。雨に濡れた素足には、まだ新しい駒下駄《こまげた》がつっかけられている。

傘の縁がついと持ち上げられて、すっきりとした少年の顔があらわれた。

「その様子じゃ、いまから傘を買ってもらっても手遅れだな。おれがもう少し早く帰ってきていたら、いろいろ間に合ったんでしょうか」

言いながら、少年はズボンのポケットから入り口の鍵を取りだした。湿気のせいで滑りの悪くなった硝子戸を、がたがたいわせながら引き開けると、瞳子を振り返った。

「すみません。ちょっとのあいだだけ留守にしていたんです。とりあえず入ってください。お茶でも淹《い》れますから」

「あの、ごめんなさい。わたし、お客じゃないんです」

いまの自分が、考え無しの一文無しであることを身に染みて思い知っている最中だった瞳子は、急《せ》きこみながら言った。

「お客じゃなくても……」

夜見坂《よみさか》は、小さく肩をすくめて笑った。

「ずぶ濡れの女の人を軒先に放置しておくのって、どうなんでしょう？」

少年は夜見坂平《はかる》と名乗った。

おもてに『夜見坂金物店《かなものてん》』という看板が出ていたので、ここの家の子供であるのに違いない。店のなかに、大人の姿はなかった。まだ中学に上がったばかりのように見えるのに、店番をすっかり任されているらしい。瞳子は感心しながら頭を下げた。

「わたしは、青井瞳子といいます」

瞳子が名前を告げると、少年ははっとして瞳子を見た。しかもそのまま、無遠慮に瞳子の顔を見つめ続けた。ほんとうのところ、顔を見る、というようななまやさしいやり方ではなかった。瞳の奥をのぞき込む。まるで深い井戸に落とした何かを探しているかのような不思議なまなざしで、少年は瞳子を見ていた。

「……なに？」

尋常ならざる凝視に耐えかねて瞳子が訊くと、夜見坂はやっと瞳子の顔から視線をはずした。

「いえ、何でもありません。瞳子さんは、海晴女学院の学生さんになられたんですね」

そう言った少年の口調は、ごく親しげだった。まるで久しぶりに再会した親族に対するような打ち解けた態度に、瞳子は思わず顔を赤くした。

——変な子。人の顔をじっと見たりして。それにしてもこの子、どうしてわたしが海晴女学院の学生だってわかったのかしら。

自分の身元をあっさり言いあてた少年を、瞳子は大いに怪しんだ。が、まもなく制服のせいだと思いあたった。校章の刺繍《ししゅう》された薄青のワンピースに、白いセーラー襟。黒い革靴。確かにこれでは、他の何者とも間違えようがない。

瞳子はぎくしゃくとうなずいた。努力して笑顔を作った。そうやって、身の置き場のないような居心地の悪さに耐えた。

しかしあとが続かなかった。こんなとき、何を言うべきか。どうふるまうべきか。世間知らずの瞳子は正しいやり方を知らなかった。

そもそも年下の男の子に、こんなふうに正面から向き合うのは初めてだった。なにしろ瞳子の行動範囲は狭い。自宅と学校のあいだを、車を使って往復するだけなのだ。当然、接する相手も限られてくる。希和をはじめとする屋敷の使用人か、女子学生——同じ年頃の少女たちがせいぜいだ。

瞳子の日常に登場するほとんど唯一の男性といえば薫だったが、彼とはずいぶん前からまともに人づきあいをしているとはいえない間柄だった。

降ってわいた反抗心に身を任せたばかりに、引き受けざるをえなくなった気まずさに、瞳子は終始、翻弄《ほんろう》されっぱなしだった。

一方、夜見坂は瞳子をその場に立たせたまま、ひとりでさっさと奥に引っ込んでしまった。おかげで瞳子はしばらくのあいだ、身体のあちこちから雨水を滴《したた》らせながら店内に放置されることになった。

やがてふたたび姿をあらわした夜見坂は、依然すこぶる親しげな調子で瞳子に話しかけた。

「じゃ、上がって服を脱いでください」

瞳子はあやうく卒倒しそうになった。しかし通路から顔をのぞかせた少年の腕に、浴衣《ゆかた》や手ぬぐいの入った金盥《かなだらい》が抱えられているのに気がついて、今度は自分の低俗な勘違いに顔から火が出そうになった。

親切な少年は、瞳子のためにわざわざ着替えを用意してくれたらしかった。

「さっきからずっと顔が赤いみたいですよ。風邪、ひかないうちに。さあ、早く」

急かされて、ほんとうに手と足が一緒に出た。


浴衣に着替えて、ほどいた濡れ髪を手ぬぐいで包むと、まるきり湯上がりの装いになった。浴衣は華やかさのかけらもない縞《しま》模様の男物だったが、さっきまで濡れた衣服を身に着けていたせいもあって、とても着心地がよかった。

「女物の着物が用意できなくて申し訳ないです。うちはずっと男所帯でしたから」と、ことわってから、少年はそれを差し出した。新品でこそなかったものの、きちんと洗濯したうえに、糊《のり》とアイロンが手ぬかりなくかけてあった。

こうなると申し訳ないのは断然、瞳子のほうだった。といって、びしょ濡れの状態のままいつまでも店内に突っ立っているわけにもいかず、瞳子は夜見坂の好意に甘えて、浴衣の入った金盥をありがたく受け取った。

八畳間《じょうま》の戸を立てて瞳子が着替えている間に、夜見坂は勝手で湯茶の支度をしていたものとみえて、じきにほうじ茶の芳《こうば》しい香りがあたりに漂いはじめた。

「ほんとうに、ご親切にしていただいて。感謝します」

居住まいを正して礼を言った瞳子に、夜見坂は首を振った。ちゃぶ台の上に湯呑みと回転焼きを並べてから、瞳子の向かい側に座った。

「どうぞ。冷めないうちに」

勧められて手に取った回転焼きは、まだほんのりと温かかった。どうやらさっきまで、少年はこの回転焼きを買いに出ていたものらしかった。柱に掛かった時計が、三時直前をさしている。ちょうど彼のおやつどきにじゃまをしてしまったらしい。

瞳子はばつが悪いのと、夜見坂の重ね重ねの親切に、恐縮してしおれた。かたわらの金盥の底では雨に濡れた制服が、やはり主人と同様にくったりとしおれていた。

熱いほうじ茶と甘い餡《あん》がぎっしり詰まった回転焼きは、そんな瞳子を惨《みじ》めな心境からやさしく救い出してくれた。凍えるようだった身体もほどなく温まった。

「それにしても、瞳子さんはどういうわけで、あんなふうにびしょ濡れになっていたんですか」

ひととおりのあいさつを済ませたあと、夜見坂に心底不思議そうに訊《たず》ねられて、瞳子は回転焼きをのどに詰まらせそうになった。あまりにもばかばかしい理由である。しかし瞳子はひととき返事をためらったあと、結局正直に打ち明けた。

——彼は、わたしのことをまったく知らない人だ。

そう思うと、ばかみたいな失敗談も軽い気持ちで口にすることができた。加えて金物屋の奥の質素な八畳間はあまりにも居心地がよかった。なんだかけろりとしているのだ。単純で、見た目どおりで、余計な気遣いの必要がない——その感じをうまく言いあらわすことはできなかったがとにかく、青井家の屋敷のなかに常時停滞している影のような圧迫感とは無縁の空間だった。

瞳子は、胸に溜まった悪い空気を吐き出すようにして、事情を説明しはじめた。つまりは、自分を知らない相手と知らない場所で話をすることが、思いがけず心地よかったのである。

「へえ……それじゃあ、こんな日に傘も持たずに学校を飛び出して、道に迷ったあげく、やっぱり雨に降られて立ち往生されていたというわけですか」

「はい」

「バスに乗るお金もお持ちじゃなくて」

「はい」

「ふうん。それは災難でしたね。ところでお家の方々は、いったい瞳子さんの何をそんなに警戒されているんです？」

「え？」

夜見坂の唐突な質問に、瞳子は目をしばたいた。

「だって、そんなふうに四六時中誰かと一緒にいなくちゃならないなんて……見張られているのは、何か理由があるからなんでしょう？　もしかして瞳子さん、とらわれのお姫様か何かなんですか？」

「まさか！　違います」

瞳子は、言下に夜見坂の言葉を否定した。しかしそうしながら、なるほどと思わずにはいられなかった。とらわれのお姫様とは、言い得て妙である。

しかも情けないことに、窮屈《きゅうくつ》な生活は現実だけにはとどまらないのだった。夢のなかでさえ瞳子は『とらわれた』存在だった。どこにも行けない、無力なお姫様。それを思うと、瞳子は急に自虐的な気分になった。

「確かに、囚人になった夢なら何度も見るわ。白い部屋に閉じ込められている夢。そこで、わたしはひとりきりなの。だけどその部屋からは、どうしても出ることができないの。だからわたしはいつまでも、どこにも行けない」

「へえ、そんな夢を何度も？」

身をのりだしかけた夜見坂に、瞳子は苦笑で応じた。

「でも、ただの夢ですから。現実の生活には何のかかわりもないわ」

瞳子がさばさばと言い捨てたところで、店のほうで硝子戸を引き開ける音がした。青年の声がそれに続いた。

「ごめんください。このたびは、家の者がご迷惑をおかけしたようで」

早くも迎えが到着したらしかった。

夜見坂が青井家に電話で連絡を入れてから、まだ、ほんの半時間ほどしかたっていなかった。

「ああ、迎えの人が来られたみたいですね」

夜見坂が立ち上がったので、瞳子も仕方なしに腰を上げた。おもてに出ていくのは気が進まなかった。聞こえた声で、迎えに来たのが薫だということがわかったからだ。

瞳子は濡れた洋服が入った金盥を両手に抱えて、わざとゆっくり通路を歩いた。

先に対応に出た夜見坂が、薫と話をしている。薫が礼を言う声が聞こえた。夜見坂が余計なことを言わなければいいけれど、と、少し心配になった。

店の土間に降りて、濡れた靴を素足に履いた。数歩進みかけたところで、商品棚の陰からひっそりと顔をのぞかせた張り紙が目に留まった。達筆だが、ごく読みやすい筆文字で『占い、まじない、憑《つ》き物落とし承《うけたまわ》ります』とある。その張り紙を、いつかどこかで見たことがあるような気がした。奇妙な感覚だった。この店どころか、この町を訪れたこと自体、初めてのはずなのに。

——まじないと……金物屋さん。

張り紙をじっと見つめていると、だしぬけに腕をつかまれた。いつのまにか、薫がすぐとなりに立っていた。

「さあ、帰りましょう」

「……ええ」

短く答えて、瞳子は薫と一緒におもてに出た。雨は依然、激しく降り続いていた。

車のなかでも、薫は不機嫌だった。むっつりと黙り込んで、瞳子のほうを見ようともしない。そのくせ、彼の注意が用心深く自分に向けられている気配を、瞳子は痛いほどに感じていた。

——これは、牽制《けんせい》なのかしら。面倒ごとを起こしたわたしへの？

薫の撒き散らす不機嫌が目に見えない針になって、ちくちくと体の側面に突き刺さるような気がした。瞳子は車の座席の上で身体をずらして、窓の外の景色に気をとられているふりをした。

——それにしたって。

よりによって薫が迎えに来るなんて、やぶへびもいいところだった。会社はどうしたのだろう。瞳子の迎えなど、使用人の誰かに頼めばじゅうぶんだったはずなのに。もちろんそんなことは迎えの車を学校に置き去りにした瞳子が言う筋合いのないことで、もとはといえば自分が悪いこともじゅうぶん承知していたのだが、薫の、不興をあからさまにした態度が癪《しゃく》に障《さわ》って謝る気にもなれなかった。むしろ余分に反抗心が刺激された。

瞳子は窓の外に視線を向けたままで言った。

「もしお金を持っていたら、ちゃんとバスで帰れたわ。こういうときのために、お小遣いは必要だと思います」

薫は平板な口調で瞳子に答えた。

「必要ありません」

「いいえ、必要だわ」

「迎えの車に乗らずに勝手に道に迷ったのは、あなたの落ち度です」

取りつく島もない正論に、危うく涙が出そうになった。泣くまいと自分を励ます気持ちが、答える声を硬く尖《とが》らせた。

「どうしてそんなにわたしにかまうの。まるで監視しているみたいに」

監視という言葉が口をついて出たのは、さっき金物屋の少年に言われたことが、頭のどこかにひっかかっていたせいに違いなかった。他意はなかったが、薫はぎょっとしたように瞳子を見た。少し返事が遅れた。

「監視しているつもりはありませんよ」

瞳子は黙った。

会話はそこで打ち切りになった。こうなると、どこまで行っても不毛なやりとりの繰り返しになってしまうことは、これまでの経験からよくわかっていた。たぶん、お互いに。やりとりが堂々巡りになったあと、決まって双方で黙り込んで、そのまま物別れになる。いつものことだ。さらに沈黙の行は、以後数日にわたって続く。これもまた経験上、確実だった。それがわかっているからこそ、無駄なエネルギーの消耗を避けるために双方で黙り込む。

こんなとき、瞳子はいつも不思議に思わずにはいられなかった。

――この人は、なんだってわたしみたいに相性の悪い相手と、婚約なんかしたのかしら。

ひと昔前と違って、恋愛結婚もめずらしくなくなってきたこの頃である。それでなくてもお互いふた親を亡くした身の上だ。つまり結婚相手に誰を選んでも、異論を差し挟む人間はいないということだ。

瞳子はわれ知らず深いため息をついていた。

薫には好きな人――心から結婚を、人生を共にしたいと望む相手はいないのだろうか。

まだ夕方だというのに大雨のせいで、屋敷のなかはすでに夜のように暗かった。はやばやと明かりの灯された玄関ホールでやっと薫から解放された瞳子は、そそくさと自室に引きあげた。

東南に面して窓が取ってある瞳子の部屋は、普段はとても明るい。しかしたっぷりとした陽の光を欠いた室内はいつになく陰気で、寒々としていた。降り続く雨は、クリーム色の壁紙や明るい若草色の絨毯《じゅうたん》にまで、隈《くま》なく灰色の色調を帯びさせていた。

瞳子は部屋に明かりを灯すと、真っ先に借り物の浴衣を脱いで衣桁《いこう》に吊《つ》るした。

少女趣味の瞳子の部屋のなかで、壁にはりついた男物の浴衣はずいぶん場違いに見えた。まるで瞳子の部屋に遊びに来た夜見坂少年が、居心地悪そうに壁際にかしこまっているみたいだ。そんな空想が楽しくて、瞳子は少し笑った。

突然、大きなノックの音がした。

驚いて振り返ると、希和が丸々とした肩でドアを押し開けて、部屋に入ってくるところだった。肉付きの良い両腕に、簡易式の石油ストーブを抱えている。

「なんでしたか、お嬢様。今日は、ずいぶんたいへんな目にお遭いになったとか」

希和はストーブを、寝台に腰かけた瞳子のすぐそばに据え置くと、前掛けのポケットからマッチを取りだして擦りつけた。

短い軸の先に、ぽっと炎があがった。瞳子はその火がストーブに移されるのをじっと見ていた。ストーブの胴に開いた小窓に橙《だいだい》色の炎が立ち、じきに全面が赤く色づきはじめた。

「お風邪をめされるといけません。すぐにお風呂をお沸かししますからね」

ストーブに火が入ると、あたりに漂っていた影のような冷気がするすると退《ひ》いていった。赤い光が目からも瞳子を温めてくれる。足もとに澱《よど》んでいたひんやりと重い空気が、いくらか軽くなった。まだ身体のあちこちに残っていたらしい緊張が、ゆっくりとほどけていく。

瞳子は寝台の端に座ったまま、金属製の筒のなかで燃える円い灯心をぼんやりと眺めた。そのうちに、だんだん眠気がさしてきた。火が近いせいか、顔が熱い。一方、ストーブの熱のあたらない背中は寒くてたまらなかった。風邪をひきかけているのかもしれない。

瞳子はかすかな悪寒に身震いした。鈍い頭痛がはじまっていた。不快な眠気が、瞳子の意識を暗くする。めまいの渦が目の前でくるくると回るので、瞳子はひとまず寝台に横たわった。


気がつくと、瞳子は夢のなかにいた。

それが夢だとわかるのは、その場所をよく見覚えているからだ。これまでにも何度も訪れたことのある、あの白い部屋。

瞳子はいつもどおり、ひとりでそこに立っていた。状況は今度も同じだった。しんと静まり返った四角い空間を取り囲む壁には、ドアがない。安全に、守られた場所。

なのにその日に限って、誰かがそっと耳もとにささやいた。

——出て行かないの？

「行かないわ。ここにいる限り何の心配もいらないもの」

瞳子は慣れ親しんだ平穏をかき乱す悪いものを追い払うべく、毅然《きぜん》と声を張った。

にもかかわらず。

同時に心のなかでつぶやいていた。

——出て行けるの？　そうしていいの？

口には出していない瞳子の問いに、声が答えた。

——ええ、そうよ。もう、出ていける。だから出口を探して。

しかし何をどうすればいいのか、瞳子には見当もつかなかった。なにしろ部屋には出口そのものがないのだ。どうにもやりようがなかった。瞳子は檻《おり》のなかの動物のように閉ざされた空間を散々歩きまわったあと、疲れきってその場に座り込んだ。

——どうすればいいの。

瞳子が白い天井に向かって投げかけた問いに、どうしてだか、もう声は答えてくれなかった。


瞳子は薄闇のなかで目を覚ました。

部屋の照明は落とされて、ストーブだけがつけっぱなしになっていた。金属筒に開いた小窓のなかで燃える火の色が、室内をほんのりと赤く染めている。

つる薔薇模様のカーテンの向こうで、屋根を打つ雨の音だけがしつこく続いていた。

瞳子は、薄く開いた目で天井を眺めた。ストーブの淡い光がつくる薄墨色の影と、朱色の光彩が、気味悪く滲んで見えた。

のどが熱い。頭が重い。呼吸をするたびに、胸が痛む。やはり風邪をひいてしまったらしい。

足もとで空気が動いたような気がした。そこに人の気配を感じて、瞳子は頭を動かした。するると、椅子に腰かけた薫とまともに目が合った。こういうときの例にもれず、薫はにこりともしなかった。ふいと視線を逸らせたうえ、かけていた椅子から静かに立ち上がった。そうしながら瞳子に話しかけた彼の口調は、あいもかわらず事務的だった。

「気分はどうですか？」

「いつもと同じよ」

こちらもやはりいつものとおり。可愛げのかけらもない答えを返した瞳子に、薫は意外にもほっとしたような表情を見せた。ただし、一瞬だけだ。薫はすぐに表情を消した。

「その様子なら大丈夫そうですね。希和さんに付添を代わってもらいましょう。何か欲しいものがあるなら彼女に頼んでください」

言って、部屋から出て行きかけた薫を、瞳子は思わず呼び止めた。

「どうして？」

薫が振り返った。

「どうしていつもそんなふうに、わたしを見張っているの」

「べつに、見張ってなどいませんよ」

薫は冷ややかなまなざしを瞳子にあてた。見当違いなことで騒ぎ立てる愚者を諭《さと》すような口調で言った。

「あなたは僕の大事な婚約者です。心配するのはふつうでしょう?」

「いいえ、ふつうじゃないわ」

いつにない剣幕《けんまく》でくいさがった瞳子に、薫は大袈裟《おおげさ》に息をついてみせた。しばらく黙りこんだあと、やおら、わざとらしいほど高い足音をたてて瞳子の寝台に近づいてきた。横になったままの瞳子の顔のすぐそばに片手をついて、その上に不躾《ぶしつけ》に屈みこんだ。局所にかかった力が寝台を大きくたわませた。

「では、このさいだ。はっきりと申し上げましょう。あなたのご両親と、僕の父が不幸な事故で世を去ったあと、あなたの継いだ会社の実務を僕が引き受けることになった経緯《いきさつ》は、あなたもご存じのとおりです。僕は事実上、会社を切り回していた父のすぐ下で仕事をしていましたから、会社の急場を預かることができたんです。とはいえ、ずいぶんな負担でしたよ。おもしろくない思いもいくらもさせられた。

それなのに、理不尽じゃありませんか。いくら会社のために尽くしても、やっぱり僕は一介の使用人に過ぎない。あなたのお父上は会社の権利の一切を、愛する娘であるあなただけに遺したんです。会社のために、何をしたわけでもない、ただ創業者の娘であるというだけの理由で、何もかもがあなたのものだ」

薫は熱と屈辱のために顔を赤くしている瞳子に、薄く笑いかけた。

「おかしいと思いませんか？　ずっと骨身を削って会社に貢献してきた父や、会社を敵対者の悪意から守りぬいた僕に、何の権利も利益も分け与えられないなんて。

なに、それほど難しい問題じゃありません。あなたが僕の妻になりさえれば、すべてはすっきりと解決する。僕は当然与えられてしかるべき財産を得ることができ、あなたは必要な保護を手に入れられる。双方にとってこれほど利便なことがあるでしょうか」

「わたしはあなたが嫌いだわ。大嫌い」

胸が悪くなるような嫌悪の衝動にかられて、瞳子は叫んだ。ところが、痛むのどからしぼり出せたのは、情けなくなるようなか細い声だけだった。それが口惜しくて、精いっぱいの怒りを込めて薫を睨《にら》みつけた瞳子に、彼はかえって愉快そうに微笑みかけた。

「そういえばずっとむかし——子供の頃、あなたは僕を好きだと言ってくれたことがありましたね。あのときは、大人になったら僕の妻になるとも言ってくださった」

「わたし、間違えたんだわ。人を見る目がなかったの。それに、あの頃のあなたは、いまみたいに意地悪じゃなかった。わたしたちはとてもおしゃべりで、真面目なことでもくだらないことでも、何だって親しく話せたわ。いまのあなたとは違う」

瞳子は、目の前の男を好きだなどと口走った過去の自分の愚かさに絶望した。せめてこの無礼な男に妙な勘違いをさせてはおくまいと思った。それなのに。のどが痛んで、声がかすれて、発する言葉は、はなはだ迫力を欠いた弱々しいものになってしまう。瞳子は歯がみした。そして思った。

——ひょっとしてこういうのを、ごまめの歯ぎしりって言うのかしら？

瞳子は相手に届くべくもない怒りをもてあまして、さらに絶望を深めた。そんな瞳子を見て、薫はようやく笑みを収めた。

「構いませんよ。それで。まったく問題はありません。誰だって他人の本性を見誤ることはあるものです。僕たちはお互い、自分自身のために結婚するんです。だからあなたが僕を好きだろうと嫌いだろうと関係がない。僕にとって大事なことは、あなたがあらゆる意味で僕から逃げ出さないように、よくよく気をつけておくことだけなんです」

「ひどい人」

思わずつぶやいた瞳子の憎悪のまなざしを、薫は涼しい顔でやりすごした。いつものように。

3

「お嬢様、いけません。まだ、お体は本調子じゃございませんでしょう」

　どうにか風邪から回復して過保護の床からはなれたその日のうちに、さっそく外出の用意をはじめた瞳子の前に、希和は血相を変えて立ちふさがった。

「あら、もうずいぶん具合がいいのよ。ひさしぶりに天気もいいし。少し外に出てみたいの。一日くらい平気よね？　どうせ明日からは学校に通いはじめるんだし」

「いいえ。今日はお嬢様をゆっくりお部屋で休ませておくようにと、薫様からきつく言いつかっておりますので」

「あら」

　そこで薫の名前を持ち出した希和に、瞳子は敏感に反応した。きつい皮肉がすらりと口をついた。

「希和さんったら、薫さんに、わたしを見張るようによくよく言い含められているみたいね。希和さん、やっぱりあなたもあちらの味方なの？」

　じっと答えを待っている瞳子の硬い表情に、希和は目に見えてうろたえた。

「そ、そういうわけではございませんよ。ただ私は……」

「だったら。希和さんも早く支度してちょうだい。どうせ、ひとりでは行かせてもらえないんでしょう？　いつかわたしを助けてくれた金物屋さんのところに、どうしても今日、お礼を言いに行きたいの。ね、お借りしたものは用意してあるかしら？」

「はい。浴衣はお預かりしたその日にちゃんと洗濯して、きちんと調えてございますよ。ですが、お礼ということでしたら、なにもお嬢様が直接お運びにならなくても、この希和が暇をみて参りますのに――」

　瞳子は首を振った。

「だめよ。わたしは自分でお礼を言いたいんだから。心配しなくても逃げ出したりなんかしないわ。そんなことをしても、行くあてなんてどこにもないんですもの。このあいだ散々頼りない思いをして、もう懲《こ》りたわ。だからね、希和さん。これは普段の外出と同じ。いつもと同じようにお目付け役のあなたが一緒なら、薫さんも文句は言わないでしょう。何なら外出したこと自体、あの人には黙っておけばいいのよ」

その日は近ごろの天候にはめずらしく、朝から薄日がさしていた。

梅雨の晴れ間である。降ったりやんだりを小刻みに繰り返していた空が、三日ぶりに鉛色の雨雲を追い払って、広々と明るくなった。道路のいたるところに取り残された水たまりが、灰色にくすんだ青空を鏡面のようなおもてに映しこんでいた。

瞳子と希和がそろって夜見坂金物店の店先に立ったのは、その日の昼下がりのことである。

瞳子が硝子戸を引き開けると同時にがらがらとレールが鳴り、店の奥にある勘定台の前に腰かけていた少年が顔を上げた。文庫本を読んでいたようである。店内に他の客はいなかった。

夜見坂少年は小机に本を伏せて置いた。いらっしゃい、と立ち上がりかけてから、おやという顔つきで瞳子を見た。すぐに雨の日の迷子のことを思い出したらしかった。

「そろそろお見えになる頃だと思っていました」

まるで、ずっと待っていたかのような口ぶりだった。

瞳子はどぎまぎした。風邪をひいたせいで、浴衣も金盥もかれこれ十日近く借りっぱなしになっていた。

「あの……このあいだはずいぶん親切にしていただいて、ほんとうに助かりました。浴衣と金盥、借りたままになっていましたから、お返しにあがりました。遅くなってごめんなさい。ほんとうはもっと早く来たかったのだけど」

「……やっぱり風邪、ひかれましたか？」

瞳子は思わず少年の顔を見た。子供とは思えない洞察力だ。やはりどこか変わった子だと思いながら、瞳子はとにかく夜見坂に近づいた。

背後で希和が何か言いたそうなそぶりを見せたが、それには気づかないふりをした。瞳子は夜見坂のかたわらに立つと、彼にだけ聞こえる程度に声をおとして、早口に告げた。

「それからもうひとつ用件があるの。あの、いま、奥にお家の方はいらっしゃる？」

夜見坂が瞳子の顔を心外そうに見返した。

「この家の住人はおれひとりですけど」

夜見坂の答えに、瞳子は首を振った。

「かつごうとしてもだめよ。ちゃんとわかってるんだから。ほら、この店じゃ占いやまじないなんかもやってるって、そこの張り紙に書いてあるわ」

気のせいか、夜見坂の表情がいくらか暗くなった気がした。微妙な顔色にふさわしい、陰気な声で夜見坂が返事をした。

「そうですね」

「つまり、まじないやなんかをやる大人が同居しているってことよね」

「していませんよ」

「じゃあ、誰がまじないをするの？　まさかあなたじゃないでしょうし。だったら、他所《よそ》からまじない屋さんに来てもらうのかしら？　それなら、ちょっと困るわ。次はいつ外出できるかわからないから……」

ぶつぶつと都合を言いつのる瞳子の言葉を、夜見坂が抑揚に乏しい声でさえぎった。

「よその人に頼むわけじゃありません。あれもおれの仕事です」

「あなたが？」

夜見坂の返答を聞いて瞳子がうっかり声を大きくしたその隙間《すきま》に、希和がすばやく割り込んだ。

「お嬢様、長々とおじゃましましてもご商売の障りになりましょうから、そろそろお暇《いとま》いたしましょう。急げばまだ二、三のお店を回って買い物ができますよ。さあ、どのお店に参りましょうか。文房具は、文殊《もんじゅ》屋。小間物なら、弁天《べんてん》堂か乙姫《おとひめ》屋でよろしゅうございますね」

瞳子はむやみに移動をせっつく希和を、力をこめた微笑みでいなした。

「いいのよ。希和さん。今日、用事があるのはこのお店だけなんだから」

それから夜見坂に向き直ると、ふたたび小声に戻って続けた。

「それで、さっきの話なんだけど。ほんとうなの？」

「ほんとうです」

ほとんど無表情で答えた夜見坂の顔を、瞳子はじっと見つめた。

「いんちきじゃ、ないわよね？」

「いんちきじゃありませんよ」

「じゃ、いいわ。あなたにお願いする」

それまでやたらに疑い深かった瞳子があっさり決断したので、今度は夜見坂のほうが虚を衝《つ》かれたような顔つきになった。引きあげる気満々の希和をちらと見遣りながら訊いた。

「でも、いいんですか？　お供の方は一刻も早くここを出て行きたそうなそぶりですけど」

やはり小声で返した夜見坂の観察がまったく正しいことを、瞳子はしかめっ面で認めた。

――そうなの。わたしのまわりにいる人はみんなああなの。

瞳子は声にするのは憚られる言葉を、その顔つきで余すところなく表現してみせた。しかし今日ばかりは、おとなしくお供の言いなりになるつもりはない瞳子だった。この機会を逃してなるものかという意気込みが、瞳子のまなざしを真剣にした。

――大丈夫、なんとかするから。

瞳子は夜見坂に目顔で力強くそう宣言したあと、決然と希和を振り返った。

「希和さん。言い忘れていたけれどわたし、前にこの方とお友達になったの。だから今日はここでお茶をいただいて帰ることにするわ。それで、悪いんだけど。ちょっと行ってお茶菓子を買ってきてもらえないかしら」

体《てい》よく希和を追い払うつもりで、瞳子は希和に使いを依頼した。が、希和はぽかんとしただけだった。

「お嬢様、わざわざ買いに出なくてもお菓子ならほら、ここに」

希和は両手に持った風呂敷包みを差し出してみせた。

――そうだった。

いろいろな方面で気が急いていて、途中で菓子屋によって手土産を買ったことを、瞳子はすっかり失念していた。上の空で選んだ菓子折りの中身は……ろうそく屋の西洋焼き菓子だ。なるほど、あれは紛れもなくお茶菓子だった。お茶菓子以外の何ものでもない。

「えっ？　そ、そうね。そうだったわ」

瞳子はしどろもどろになりながらあわてて言い繕った。

「買ってきてもらいたいのは……お茶菓子っていうか、ええと……お茶ね。そのお菓子には紅茶が合うから。一緒に茶葉も買ってくればよかったんだけど、うっかりしたわ」

「そういうことでしたら、ここから自動車で二十分もいけば紅茶葉を扱っている洋食屋が一軒ございますけれど——」

「そうなの？」

希和の言葉に、瞳子は即座に飛びついた。

「だったら申し訳ないけれど、そこでお茶っ葉を買ってきてもらえないかしら」

瞳子が言うと、希和はどういうわけか不審のまなざしを夜見坂に向けた。当然、疑いの目を向けてしかるべき瞳子にではなく。

「ですが、お嬢様をここにひとりきりにはして参れません。おひとりのときにどんな事故が起こるか、わかりませんでしょう？」

「事故だなんて。希和さん、わたしが学校に通いたいって言ったときも、そんなことを言っていたわね。薫さんと一緒になって」

「ええ、ほんとうに。お勉強をなさりたいなら、お家で家庭教師にでも見ておもらいになればよろしかったんです。何もあんな騒がしい場所に進んでお出かけにならなくても——」

「希和さん、あなたまでわたしを土蔵にしまいこんであるような古道具扱いにするつもりなの？　人間だって適当に外に出て陽にあたらないと、かびて腐ってしまうんじゃないかしら」

「まあ、かびるだなんて、あんまりな言いようです。私たちはお嬢様のために良かれと思って――」

「気持ちはうれしいけれど、はっきり言ってありがた迷惑よ。学校には通わせてもらっているけれど、それだって一分の隙もない送り迎えつきなんですもの、寄り道ひとつできないなんてあんまりだわ。いまだってそう。たった何十分かのあいだもわたしから目を離すことができないって言うのなら、その理由をちゃんと納得のいくように説明してちょうだい」

めずらしく強気に出た瞳子に、希和はたじたじとなった。苦し紛れに無理やり理由をひねり出した。

「失礼ながら、私が気にしておりますのはそこの坊っちゃんですよ。いくらお世話になった方とはいえ、お嬢様を男の方とふたりきりにするのは、希和は気がすすみません」

「まあ、希和さんったら。嫌なこと言わないで。夜見坂さんはお友達だって言ったでしょう。それにこの人、まだ、ほんの子供じゃないの」

「そりゃあまあ、そうですけど……」

ついに返す言葉を失った希和に、瞳子はにっこりと笑いかけた。

「なら、決まりね。お茶っ葉の種類はそうね……セイロンがいいわ。それから牛乳と角砂糖も忘れないで」

希和がしぶしぶと店から立ち去ったあと、夜見坂はいかにものろのろとした動作で瞳子を奥の間に案内した。瞳子は急に覇気《はきな》を失くしたように見える夜見坂をけげんに思いながらも、おとなしくそのあとに従った。

通されたのは前回と変わらず、すっきりと片づいた八畳間だった。

「あまり時間がないようだから率直におうかがいしますけど、まじないの依頼っていうのはあなたの異常な箱入り状態と関係があるんでしょうか。やっぱり？」

いきなり切り出した夜見坂に、

「さあ。あるのかないのか、よくわからないわ」

と、瞳子は苦笑してみせた。

「だけど、まじないをお願いしたいのは現実のことじゃなくて、まぼろしのほうなの。つまり、夜に見る夢のことなのだけど」

瞳子は夜見坂が持ち出してきた座布団を使いながら言った。

「夢に関するまじないをお望みってことは――夜毎《よごと》見るやっかいな夢に難儀されていて、それを解消されたいというでしょうか。それとも夢から、未来の瞳子さんの身の上に起こることを読み取りたいとのご希望でしょうか」

瞳子がまた笑った。

「現実のわたしの未来なんて、自分でだって予測できるわ。ずうっといまと同じ生活が続いていくだけよ。そうじゃなくてね、わたしの知りたいのは、夢で見る部屋のことなの」

まばたきした夜見坂の態度にうながされるようにして、瞳子は話を続けた。

「これは、何年か前から繰り返し見るようになった夢なのだけれど。その夢のなかで、わたしは決まってひとりでいるの。白い壁に囲まれた、何もない部屋。窓も電燈もないのにそのことがわかるの。変でしょ?」

「まあ、なにしろ夢ですから。基本的には何でもありです」

「それもそうね。とにかく、夢のなかのわたしは、なぜ自分がそこにいるのか知らないの。もっとも目が覚めてもそのことがわからないから、こうしてあなたに相談しているわけなんだけど。

とにかく、その部屋には窓もドアもない。それなのに夢のなかのわたしには、その向こうに別の世界があることがちゃんとわかっているの」

「大方、あなたはその部屋に閉じ込められているってことですね」

「そう。開かずの間といえばいいのかしら。外の世界から見てわたしのいる場所がそうなのか、わたしにとっての外の世界がそうなのかはわからないけど」

「ふうん。つまるところ、わからないことだらけで気に入らないから何とかわかりたい、ということでしょうか。その奇妙な夢について」

「そうなの。現実ばかりは思うようにできなくても、せめて自分の夢のなかのことくらい、わかっていたいの。じつをいうとこのあいだ、ここで『まじない承ります』の張り紙を見たときからお願いしてみようと思っていたのよ。お借りしていたものを返すついでに夢のことを相談してみようって。せめてあの部屋の謎が解けたなら、少しは気も晴れるような気がして」

「ふだん、よっぽど気の晴れない暮らしをされているみたいな言い方ですね」

「まさにそのとおりよ」

「そうですか。だけど、夢だって、ほんとうのところはそう思いどおりになるものじゃないんだけどな。あれ、自分のなかの他者につながるための通路ですから」

「他者？」

瞳子は夜見坂の言うことがうまくのみこめずに首をかしげたが、急ぐ都合でわからない部分はとりあえず丸呑みにした。

「あいにく、いままでその夢に自分以外の誰かが出てきたことはないの。ほんとうに、誰も出てこない夢なんだから」

「へえ、絶対に他人の登場しない夢か。それにしても瞳子さん、まじないの依頼ひとつするのに、こんなふうにこそこそされるんじゃたいへんですね。夢の周辺のまじないなんて、とくに人に危害を及ぼすようなものでもないのに。皆さん、おみくじを引くみたいに気軽になさいますよ。

瞳子さんは、お家の方にまじない屋にかかわることを禁止されているのかな。たまにいらっしゃいますけど。まじないや占いのたぐいを頑なに拒否される方っていうのも。さっきのお供の方、希和さんっておっしゃいましたっけ。六十歳前後とお見受けしましたけどああ見えて、彼女もそういった主義の持ち主なんですか」

「そういうわけじゃないけど。どうしてもじゃまされたくなかったものだから、念のためにはずしてもらったの。経験上、用心しておくにこしたことはないと思ったから。なにしろまじないに限らず、うちの者は何でも禁止があたりまえなんですもの。こと、わたしが望むことに関しては」

「それは……お気の毒に」

夜見坂にほんとうに気の毒そうな顔で言われて、瞳子は憂鬱になった。ほんの軽口のつもりで口にした言葉が、まったく冗談になっていないことに気づいたからだ。といって、いつまでもがっかりしていても仕方がないので、つとめて明るい声音《こわね》を作って訊ねた。

「それで、何かないかしら。夢のなかで、閉じられた部屋から出ていく方法は」

「ありますよ。まさにあなたのために用意された方法が。だけど、ひとつ注意があります。まわりの人があなたの夢にどの程度巻きこまれているかってことなんですけど」

夜見坂の言いように、瞳子は狐につままれたような顔をした。

「どうしてわたしの夢に他の人が巻き込まれたりするの？　夢って、ずいぶん個人的なものだと思うけれど」

「そうでもありません。人の想いっていうのは、見えない部分で複雑に絡み合っていたりするものですから。その白い部屋の夢は、あなたにかけられた鍵です。あなたがそこから出て行きたいと感じて、さらにこうして行動を起こされたということは、あなた自身の準備はもう整ったってことです。だけどあなたのまわりにいる人はどうかな。開けるにしても、前もってちゃんと確かめておかないと」

「確かめるって、何を？」

「あなたが目を覚ましたあとの環境についてです」

そう言った夜見坂の黒々とした瞳を、瞳子は探るようなまなざしでのぞき込んだ。夜見坂の言葉の真意をそこに読み取ろうとしたのだが、無駄だった。

「目を覚ます？　わたしは眠ってなんかいないわ。ちゃんと起きているわよ、ご覧のとおり」

「正確にはあなたの一部が、と言うべきでした。いまもよく眠っていますよ。むかし、親切な誰かがあなたを白い部屋にかくまったんです。というわけで、鍵を外すのは二、三の手順を踏んでから……ありていに言って、あなたの周囲の人に多少のご厄介をかけてからということになると思うんですが、それで構わないでしょうか？」

希和は一時間もしないうちに戻ってきた。

到着のあいさつもそこそこに、洋食店の商標の入った紙袋を夜見坂に手渡すと、そわそわと店のなかを見まわした。依然、早く立ち去りたくてたまらないといったそぶりである。あまりに落ちつかないので、見かねた瞳子がとりなしたほどだった。

「希和さん、いいからあなたもこっちでゆっくりさせていただいたら？　楽しく過ごしましょうよ。いつものお茶のときみたいに。ほら、マドレーヌ。マーブルケーキ。フィナンシェもあるわよ。希和さん、これ好きよね」

「どうぞ。お菓子もお茶もおもたせですけど」

沸かしたばかりの土瓶の湯で紅茶を淹れながら、夜見坂が言った。

際立って香りの良い紅茶だった。洋食店が土産物として扱っている品だということだったが、いずれ繁盛店の選《え》りすぐりの茶葉に違いない。惜しむらくは、紅茶の注がれた器が繊細さのかけらもない湯呑みだったことだが、この店に紅茶茶碗を必要とするような客がやってきたのは前例のないことで、仕方がなかった。

「ええまあ、そうですか？　じゃあ、少しだけ。ですけど、あまりゆっくりもしていられませんのですよ。なにしろ、薫様の言いつけに背いての外出なんですからね。どうしたってあの方がお帰りになる、ずいぶん前には戻っておりませんと」

希和の発言に、瞳子の眉根がきつく寄せられた。

「また薫さんのこと？　あの人の顔色をうかがって暮らすのはもうたくさんだわ」

「ですが、薫様は――」

言いさして、尻つぼみに口をつぐんだ希和に、夜見坂は興をそそられたようなまなざしを向けた。

「さっき、瞳子さんにうかがったんですけど、希和さんは青井家の女性に仕えられて、かれこれ三十年近くになるそうですね」

夜見坂は、紅茶の入った湯呑みを希和の前に置きながら言った。

「そうですねえ、そのくらいになりますかしら。もともとご実家にお住いの頃から奥様のおそば仕えをしていたものですから、それを合わせますとね」

「それなのにあなたはその、薫さんという人にずいぶん遠慮されているんですね。失礼ですが、ほとんど言いなりみたいだ。いくら瞳子さんの婚約者だからって、それじゃあんまり、本来の主人である瞳子さんの立つ瀬がないみたいじゃありませんか?」

夜見坂の指摘に、希和はいたたまれないといった表情を見せた。が、あえて弁明をしようとはしなかった。

「薫様は……あの方は、ほんとうにご親切な方でございますから」

あたりさわりのない返事をいかにも弱々しい声で口にしただけだった。

話が途切れ、気まずい沈黙が流れた。それをきっかけに、希和がたまりかねたように泣きごとを言いはじめた。

「ああ、もう四時です。どうかこのへんでご勘弁くださいませ、お嬢様。このさい何としてもお腰をあげていただきませんと」

「……そうね」

縋《すが》りつかんばかりの希和の懇願《こんがん》に、さすがに応じないわけにもいかなくなった瞳子はしぶしぶながらにうなずいた。

夜見坂は瞳子と希和を店の外まで送って出た。三軒先の空き地で眠れる忠犬のように控えていた自家用車がたちまち目を覚まして、あたふたと主人に近づいてきた。

運転手はよくよく女主人の動向に気をつけておくように厳命されているらしかった。じつに箱入り令嬢青井瞳子の従者として、申し分のない精勤ぶりである。

しかし希和同様職務に忠実すぎて、従者というよりは監視員めいていた。じっさいのところ、彼らの強迫的な仕事ぶりは傍目《はため》にも奇異に映った。

瞳子と希和を乗せて早々に立ち去っていく自動車の後ろ姿を眺めながら、夜見坂はやれやれと首を振った。

店の奥に引き返しかけた夜見坂の足もとに、雨のしずくがぽつんと落ちた。見上げた空には、いつの間にか灰色の雨雲が戻ってきていた。まばらに落ちはじめた雨粒はやがて太って数を増し、やっと乾きかけていた道路を見る間に水浸しにしていった。


希和にとっては不幸中のさいわいだった。薫はまだ屋敷には戻っていなかった。希和は大きく安堵の息を吐くと、魔法によってよみがえった亡者《もうじゃ》さながら、たちまちいつもの活力を取り戻した。

「今日はお嬢様のわがままのおかげで、希和は散々な目に遭わされましたよ。まったく、生きた心地もしませんで」

たまっていた不平不満をここぞとばかりに言い散らしながらも、そば仕えの仕事に慣れた希和は能率よく立ち働いた。太りじしの身体をきびきびと動かして、さっそく瞳子のために入浴や着替えの用意をした。部屋着に着替えた瞳子に余分に買ってあった茶葉で熱い紅茶を淹れて飲ませたあと、無理やり寝台のなかに押し込んだ。

「いいですか、お嬢様。今日の外出のことは、薫様にはくれぐれも内緒にしておいてくださいましね。でないと、お嬢様ではなくこの希和が——希和はこの部分を特に強調した——お叱りを受けるんですからね」

そんなふうに瞳子の良心にぐっさりと釘を刺し終えたあとで、希和はまたせわしなく部屋を出て行った。料理係に夕食の献立の指示をするのを忘れていたらしく、大あわてなのだ。

まるで小さな竜巻のように騒々しい希和が行ってしまうと、あたりはしんと静かになった。

整理簞笥《だんす》の上で飾り時計の歯車が作動する単調な音が、かすかに鳴っていた。時計の文字盤を戴いた台座——脚付きの金盆の上を水晶でできた兎が行ったり来たりするたびに、部屋の照明が反射して、光の粒が壁や天井にちらちらと跳ねた。瞳子はしばらく横になったまま、その光を目で追っていた。

「……ごめんなさいね、希和さん。もう少し迷惑、かけさせてね」

薄く開いた瞳子の唇が小さく動いて、謝罪の言葉がこぼれた。希和には心から申し訳なく思うものの、やはり土蔵のなかの古道具ではいられなかった。

瞳子は寝台から這い出して書き物机に向かった。たまたま手に触れたノートを開き、ペンを手に取った。

伝えるべき言葉はすでに用意してあった。瞳子はすらすらとそれをノートに書きつけると、おしまいに『詳細は夜見坂金物店店主まで』という一文をつけ加えた。

それから、椅子の上に置きっぱなしにしてあったバッグを手に取った。今日の外出のお供をつとめた小さな手提げ鞄だ。

パチンと金具を跳ね上げて口を開いた。差し入れた指先に冷たく触れたのは、ネジ蓋のついた小さな硝子瓶だ。薄い硝子に包まれた蜜色の液体。魔法の妙薬《みょうやく》。夜見坂少年が瞳子に手渡してくれた『開かずの間の鍵』は、照明の明かりの下で謎めいた光を放ちながら固く沈黙していた。さながら夜の女王の宝冠を飾る大粒の黄玉《トパーズ》のように。

瞳子は手のなかの魔法に気持ちを逸らせながら、ネジ蓋をゆるめた。蓋が開いたとたん、あたりに甘酸っぱい果実の香りが広がった。

魔法の液体の効用については、夜見坂からあらかじめ聞かされていた瞳子である。そのために薬臭い苦味を覚悟していたのだが、予想に反して魔法の薬はうっとりするほど甘くさわやかに香った。

おかげで瞳子はたいした勇気を要求されることもなく、ひと息に瓶の中身を飲み干した。

じっさい、たいした甘さだった。口のなかぜんぶが飴《あめ》になったみたいだ。

――そういえばあの子、水かソーダで割って飲むように言ってたっけ。

瞳子はいまになってそのことを思い出したが、残念ながらそうするには手遅れだった。

誰にともなく言い訳をしてみた。

――仕方ないわ。急いでいたんだし。

しかし口のなかを飴がけにした濃厚な甘さも、じきに気にならなくなった。舌の感覚を立ち消えにさせるほどの強烈な睡魔が、時をおかずに瞳子のもとを訪れたからだ。

目の前にある何もかもをもろとも溶かしこんでいくような圧倒的な眠気に、じきに立っていられなくなった。瞳子はほとんど気を失うようにして寝台に倒れ込んだ。

そして何もわからなくなった。

夜見坂金物店の営業時間は名目上、朝の八時から夕方の五時まで――ということになっている。とはいえ、店主兼店員である夜見坂がひとりで切り盛りしている零細商店のことである。営業時間内であっても、彼が外出すれば自動的に休業状態になってしまうので、これはまったく正確な開店時間とはいえなかった。

　ただし、店主夜見坂は夜の娯楽には関心がなく、老人仕込みの健康的な生活習慣を身に着けていたために、暗くなってから留守にすることはまずないという事実に加えて、店舗と住居が同じであるという都合上、お客の熱意次第で夜間は常時開店可能だった。

　店主を呼び出すやり方は簡単である。店の表戸を激しくしつこく叩き続けるだけでよい。もっとも医院や薬屋とは違って、金物屋は緊急性のほとんどない商売である。ために、そのようなことはめったに起こらない。

　ところがその夜、夜見坂金物店はそのめったにない事態に見舞われた。

　車軸を流すような雨と雷鳴に紛れて、時ならぬ訪問客が訪れたものである。店じまいを示す目隠し布が引かれたおもての硝子戸が激しくしつこく叩かれたのは、午後十時をいくらか過ぎた頃だった。

　店の土間に下りて行って硝子戸を開けた夜見坂は、手にした燭台を雨の闇にかざした。

　水と光の環《わ》のなかに幽鬼《ゆうき》のように青ざめた深山薫が、黒い傘をさして立っているのが見えた。

　勤めを終えたあと、着替えもせずに駆けつけたらしい。三つ揃いの背広姿の薫はネクタイを緩めることすらしていなかった。

黙って店内に踏み込んできた薫の態度にかんがみて、彼がかなりの怒りを一見冷静そうなおもての下に押し隠していることは容易に察しがついたが、夜見坂はあえてそのことには触れずに薫を店内に迎え入れた。

店に入るなり、薫は暗いまなざしで不遠慮にあたりを見まわした。そしてまもなく『占い、まじない、憑き物落とし承ります』の張り紙を見つけて吐き捨てた。

「なんてことだ。まさかここがまじない屋だったとはな」

「あなたには残念なことだったみたいですけど、そのとおりです。ところで、さっそくここにお運びいただいたということは、あなたが瞳子さんの事情をかなりの程度ご存じでいらっしゃると考えてよろしいんでしょうか」

「何の話だ」

「この期に及んで空《そら》とぼけされるだなんて、人が悪いな。おれが瞳子さんに言伝《ことづ》てた文句を見て、来てくださったんでしょう？　だったらおれが何の話をしているのか、とっくにご存じのはずです」

「言伝てた？　やはり、あれはきみが書かせた文言だったのか。彼女がこれ見よがしにノートに書きつけていた言葉——そうだ。僕は、その意味するところをきみに質《ただ》しに来た。

いま、瞳子さんは奇妙な酩酊《めいてい》状態のなかにいる。眠っているのに屋敷のなかを歩きまわったり、意味のわからないことを話したり……あきらかに異常だ。希和さんを問いつめたら、昼間きみの店に立ち寄ったことを白状した。きみは彼女に何をした。彼女に言伝てた言葉──鍵は開く、夢は覚める──あれはいったいどういう意味だ」

「言葉どおりの意味です。どういう事情があったのかは知りませんが、瞳子さんは、過去の一部を眠らせている人で、たまたま今回それを解消してほしいということでここに依頼に見えられたんです。だけどこういうたまたまって、偶然に見えてそうでもないんですよ。

成り行きっていうものは、大部分が必然です。突然思いがけないことが起こるように見えても、それは脈絡もなくだしぬけに起こったことじゃない。いろんな要因が見えないところで絡まりあって、ずっと準備されていたことがやっとおもてに出てきたってだけのことです。

つまり、瞳子さんにそろそろ目覚めの時機が訪れたってことです。それでいま、鍵がかけられたときと逆の手順をたどって、彼女が記憶を取り戻す手助けをしているところなんです」

「記憶を取り戻す手助けだと？　冗談じゃない！」

「どうしてですか？　彼女は、記憶が欠けているせいでずいぶん不自由されているみたいですよ」

「とにかくそれは困る。彼女のした依頼はたったいま僕が取り消す。すぐに中止してくれ」

「できかねます」

「なんだと？」

夜見坂のきっぱりとした拒絶に、薫の顔色が変わった。

「ご要望にお応えできないのは心苦しいんですけれど、約束に関していうなら瞳子さんとしたもののほうがどうしたって先になりますから。それに、もう代金を受け取ってしまいましたし」

「ばかな。彼女には金を持たせていない。まさにこういう成り行きに用心してのことだ。しかし……いや、そうか……希和さんか。彼女が代金を支払ったのか」

「いいえ。彼女はあなたの忠実な協力者ですよ。あなたを裏切ってなんかいません」

夜見坂は燭台を突き出した。薫の視界のなかで、少年が暗い影になった。

いくつものオレンジ色の光輪に、少年の輪郭《りんかく》が滲んだ。薫は自分の視力を乱す炎の色に目を細め、突き刺さるような光線のまぶしさに片手をかざした。

その刹那《せつな》、ふっと息を吹く気配とともに灯火《ともしび》がたち消えた。

たちまちのうちにあたりの景色が闇に沈んだ。

真っ暗な空間に、少年の声が静かに響いた。

「お気の毒に。ずっと隠し事を抱えてこられたんですね。重くてつらくて、たいへんだったでしょう」

声を出そうとした瞬間、だしぬけに強く手を引かれて薫は前方につんのめった。とっさに片足を踏みだしながら、薫は闇に目を凝《こ》らした。自分の手を引いたものの正体を見極めようとしたのだ。しかし、できなかった。圧倒的な闇は、薫の視覚を徹底的に遮断した。雨夜の深闇。そこには、月影や星あかりといったささやかな光源すら望むべくもなかった。とはいえ、不自然な暗さではあった。空間自体が墨に浸されてでもいるかのように、黒い。自分を取りまく闇の深さに思わずぞっとして、顔を上げたとたん——唐突に薫の両目に光が戻った。

薫は戸外に立っていた。

それも、月夜の戸外だ。景色に見覚えがあった。見慣れた風景——薫が少年時代の終わりから、いまに至るまでの十年近くのときを過ごした青井家の屋敷だ。ただし、現在の屋敷の様子とはどこか雰囲気が違っていた。庭の造作に違和感がある。木立《こだち》の頂《いただき》がいくらか低い。薫は、その理由に間もなく思い至った。

――これは過去だ。何年か前の。まだ、あの忌まわしい事件が起こる前の。

薫が父、深山樹《いつき》の秘密を知ったのは、二十一のときだった。薫はすでに学校を卒《お》えて青井貿易の社員になり、ひととおりの仕事をこなせるようになっていた。

蒸し暑い六月の半ば頃――時刻は深夜だった。

あの晩、寝苦しさに目を覚ましたのは、どういう偶然だったのだろう。夜更け、めったにないのどの渇きを覚えて、薫はコップ一杯の水を求めて部屋を出た。

そこで思いがけないものを見つけた。

ほっそりとした人影だった。それが、計ったようなタイミングで父の部屋から出てきた。

薫はぎょっとして立ち止まった。ほとんど本能的に柱の陰に身を隠していた。通路の闇のなかではっきりと顔かたちを確かめることはできなかったが、ひるがえったスカートのシルエットがその人物の素性をはっきりと告げていた。この屋敷内で、洋服を着ている大人の女性はひとりしかいない。人影は――彼女は青井夫人、瞳子の母親に違いなかった。

翌朝、薫はわざわざ父と出勤の時刻を合わせて家を出た。

いつもは父より一時間ほども先に出る薫である。樹はまず、いつもと様子の違う息子を不審そうに見た。しかし、いつもと違っていたのは出勤時間のことだけではなかった。

薫はひとことも口をきかずに父のかたわらを歩いた。どちらかというと普段は口数の多い息子の不可解な行動に、樹はたびたびいぶかしむようなまなざしを向けた。それでも、しいて理由を問い質そうとはしなかった。

その結果、父子《おやこ》は無言のまま並んで、ひたすらに歩を進めることになった。見知った人間の姿が背後に消えていくにつれて、ふたりのあいだの沈黙はますます重く、陰鬱になっていった。

肩越しに人目がないことを確かめて、先に口火を切ったのは薫のほうだった。

「社長が出張から戻られるのは、明後日でしたね。確か？」

息子の普段どおりの声に、樹はあきらかにほっとした表情を見せながら返事をした。

「うん。その予定だ。昨日、商談がまとまったと秘書から連絡があったよ。いまごろは一同、定宿でのんびり骨休めをしておられることだろう」

「でも、だからといって……」

薫は氷のようなまなざしを父の横顔にあてた。

「あんなことをして、恥ずかしくはないんですか。父さん？」

言いながら、薫は自分の言葉が、いましも父の心の急所を刺し貫いたらしいことを確信していた。樹の顔色が目に見えて変化したからである。ただの言葉、些細《ささい》な問いかけが容赦のない刃のように深く父を傷つけたのは、なぜか。

――昨夜見たものは、やはり間違いではなかった。

薫は落胆した。しかしそれをおもてには出さず、慎重に続けた。

「ほんとうに残念です」

話し合おうと、冷静であろうと、精いっぱいの努力を続ける薫に、しかし樹はまともに取り合おうとはしなかった。

「おまえには関係のないことだ。それにこれは私たちの問題で、子供があれこれと詮索するようなことではない。それより何だね、その口のきき方は。立場をわきまえなさい。目上の人間に対する態度としては、あまり感心できたものではないよ」

自分の行いを恥じるどころか、図々《ずうずう》しく論点をすり替えようとする樹を目の当《ま》たりにして、薫の落胆はさらに度を増した。思わず息を詰め、鞄の持ち手をきつく握り締めた。

――子供が詮索することじゃない？　目上の人間？

薫はじわじわと湧き上がってくる怒りをこらえながらうつむいた。

「父さん、あなたはそんな人ではなかったでしょう？　いつだって公平で、誠実だった。僕がそんなあなたをどんなに誇りに思っていたか、だから奥様が父さんの部屋から出てくるのを見てしまったいまだって疑問を捨てきれないんだ。何か事情があったんじゃないかって。相応の理由があったんじゃないかって。だから父さん、早く言ってください。あれは僕の誤解だったたって」

「おまえは私を買いかぶっている」

応える樹の声は、思いのほか弱々しかった。

「私は弱い人間だ。おまえが思っているような立派な男じゃない」

受け入れがたい父親の言葉に吐き気がした。その確かさを疑いもしなかった足もとが突然流砂《りゅうさ》に変わって、ひといきに崩れていくような気がした。

ずっと父親に抱いてきたイメージがあった。強くて、正しい人。大事にしてきた過去の父の面影は、いまや無残に打ち砕かれてしまった。

薫はいまにも父親の胸ぐらをつかもうとするもうひとりの自分を、かろうじて抑えつけながら言った。

「……屋敷を出ましょう。とにかく奥様から離れるべきだ。ことが露見して大ごとにならないうちに。会社も辞めたほうがいいと思います。青井家の方々と縁を切るんです。どこかことは違う土地で暮らして……いまならまだ間に合うはずだ。父さんと奥様の仲に、社長は何も気づいていないのでしょう？　奥様のことは——他人の妻女《さいじょ》です、どうか思い切ってください。でなければ、何もかもがめちゃくちゃになってしまう。それに、僕はこのことを瞳子さんに知ってほしくはない。恩人の娘である彼女に、恩知らずな僕ら父子の正体を知ってほしくない」

「瞳子さんか。おまえたちは仲が良かったからな。あの子に余計な心配をかけたくないんだね。確かに年端《としは》もいかないお嬢さんにはつらい現実だろう」

他人事のようにつぶやいた父に心底幻滅しながら、薫はなおも続けた。

「それじゃあ明日にでもふたりぶんの辞表を……」

「いや、それはできない。いま抱えている仕事を途中で放り出すわけにはいかない。それに何より――」

薫は目を閉じた。

その先を聞きたくなかった。恩人より、息子の信頼より、自らの良心より、他人の妻女に対する思慕を優先する父親――それは見慣れぬ怪物の姿をしていた。

「ここに響子さんをひとりで置いてはいけない」

――これは、誰だ?

薫は、となりを歩く男の顔をまじまじと見直した。これは、父の顔をした別人。

それは薫の知らない奇怪な人物だった。

息子である自分に臆面もなく他人の妻女に対する情愛を告白した父が、どうしようもなく汚らわしく思えた。敬愛していたぶんだけ、信じていたぶんだけ、瞬時に反転したエネルギーは圧倒的な威力で薫を打ちのめした。一瞬、殺意に似た感情が薫を支配した。憤りが、ほとんど息が詰まりそうなほど強く薫ののど元を締め上げた。

しかし、やはり怒りを外面に出すことはしなかった。青白い炎のように静かな声でひとこと、答えただけだ。

「よく、わかりました」

深山父子が青井家の敷地の一角に寄寓《きぐう》することになったのは、青井夫人であった響子につながる縁だった。

かつて、深山樹は響子の父親が経営する大きな呉服屋で、番頭《ばんとう》のひとりとして働いていた。

しかし、響子の縁談がまとまるのと時期を同じくして番頭の職を辞した。王都の船舶《せんぱく》会社により待遇の良い職を得たためである。以後、樹は出身地であった西京町に寄りつくことなく王都での生活を続けた。やがて同地で結婚もした。

暮らしは順調だった。真面目な父は仕事仲間とは違って、酒も賭け事もやらなかった。

煙草《たばこ》さえのまなかった父の唯一の趣味は貸本を読むことで、母親の悦子《えつこ》はそんな父の朴訥《ぼくとつ》ぶりを折々にからかいながらも内心では自慢に思っていたようだった。

家庭思いの良い夫で、父だった。薫が学校に上がって同じ年頃の子供たちと過ごすようになるまでは、飽かず遊び相手にもなってくれた。仲の良い両親と、慎ましくも明るい暮らし。あの頃、薫は一点の憂いもない日向《ひなた》のなかで暮らしていたと思う。

明正三年《めいしょう》の大災害が、そんな深山家の運命を暗転させた。深山父子は悦子と仕事と家、財産をいちどきに失った。

風の噂《うわさ》は律儀にも、深山父子の苦境を、もとの雇い主の令嬢のもとまで運んでいった。そのとき彼女——青井響子が、元使用人の境遇を憐《あわ》れんで差し伸べてくれた手。それが、樹と薫のいまの暮らしだった。

響子は夫である青井に、樹の雇用をとりなしてくれた。青井はそれを受け入れたばかりか、住まいとして父子に、かつて使用人の宿舎として使っていた別棟を提供してくれた。当時、青井家の使用人は、希和という響子のそば仕えを除いて皆、通いの人間ばかりになっていたので、宿舎はちょうど空き家になっているからということだった。

そのことを薫はどれほどありがたく思ったことだろう。

一家の長である青井髭郎はいくらか癇症《かんしょう》なところがあったものの、鷹揚《おうよう》で、俠気《きょうき》に富んだ人物だった。奥方の響子夫人はしとやかな美人で、一人娘の瞳子は人見知りしがちな、少女らしい少女だった。

まるで幸福という概念を絵に描いたような家族だと薫は思った。あまりに完璧すぎて、目がくらむようで、そこに自分たち父子が入りこむことに、どこかで後ろめたさを感じてしまうほどだった。

そんな感謝や憧れの気持ちが相まって、薫は青井家の人々をすぐに好きになった。一方、青井貿易の社員となった樹は、ひたすら仕事に邁進《まいしん》した。会社の利益に貢献することで、響子や青井の親切に報いようとしているかのようだった。薫にはそんな父の気持ちがよく理解できた。薫自身、まったく同じことを考えていたからだ。

主人の青井のほうでも、父子にずいぶん好意的にふるまった。たとえば、青井は薫を上級学校にやってくれた。薫のために、かける学費を惜しまなかった。

主家の好意を受けて、薫は学校でも、卒業後、入社してからも、懸命に勉強した。そうして少しでも青井の役に立つ社員になろうと思った。それは薫のように何も持たない若輩《じゃくはい》の身であってもすぐにとりかかることのできる、わかりやすい恩返しの方法だった。

青井にしてみれば屋敷に書生をひとり置くようなもので、薫の処遇にもたいした意味などなかったのかもしれない。だとしても、薫はやはりそのことをありがたいと思わずにはいられなかった。もともと青井には、深山父子に親切にしなければならないどんな理由も義理もなかったのだから。

　薫は商学校で法律や税金に関する知識を身に着けた。勉強はたいへんだったが半面、とても楽しかった。自分が力をつけていくことで、青井家の役に立つことができるのだと思うと、意気が励まされた。

　——それなのに。

　その青井を裏切った。よりによって自分と同じく彼に大恩を受けた、あの父が。

　薫のなかで、ずっと拠《よ》り所にしてきたきれいなものが醜く崩れ落ちた。壊れた良きものはやがて腐って、放つ臭気は耐え難かった。現実の生臭さに暗澹としながら考えたことは、父と青井夫人を一刻も早く引き離さなければならないということだった。何もかもが台無しになってしまう前に。

　薫は密告の手紙を書いた。はっきりそれと記したわけではない。薫の父と、響子が主従の分を超えて親しみすぎているのではないかという、憶測半分の投書に仕立てた。不貞についてははっきりとは触れずにおいた。おせっかいな使用人の誰かが匿名《とくめい》で書いた、無責任な手紙。

これを読んで、青井がちょっとした嫉妬心を起こしてくれればいいと思った。

青井は父を疑って放逐《ほうちく》するだろうか？　寛容な彼のことだ。もしかしたら、笑い飛ばして不問に付してしまうかもしれない。そのときは自分がその場にいて、口添えをしようと思った。たとえ手紙に書かれていることが事実無根だとしても、今後の奥様の評判に傷をつけることにでもなるといけないから、自分たち父子は身を引くべきだと。よもや父も、その場で嫌とは言うまい。


手紙を用意した次の日、薫は出勤のついでに屋敷の表門のほうにまわった。門に据えつけてある郵便受けに、前の晩に書いた手紙を投函するためだった。白い封書を郵便受けに落とし込んだ。

その、直後だった。

突然背後から声をかけられて、薫はぎくりとして振り向いた。

白い前掛け姿の希和が立っていた。

「あら、薫さん。お待ちの便りでもございましたか。言いつけておいてくだされば、真っ先にお持ちいたしましたのに」

希和は薫の脇に回って郵便受けの鍵を開け、手紙の束を取り出した。たったいま薫が差し入れた封書をいちばん上にして。

届いた手紙を各人に配って回るのは、彼女の決まった仕事のひとつだった。いつものように郵便物を回収にきた彼女に、

「うん、まあ、そんなところだよ」

薫はそっけなく答えた。

「はあ。何でしたら、いまここでお調べになられますか」

「いや、やっぱり帰ってからでいい。もう時間がないんだ」

「さいでございますか？」

希和はぺこりと頭を下げて、屋敷のほうに引き返していった。

それから何日かたった。が、何事も起こらなかった。薫はいくらか緊張しながらその数日を過ごしたが、まわりの様子に変化はなく、しまいには拍子抜けした気分になった。しかしだからといって、このまま放っておいてよい問題とは思えなかった。

事実、問題は見過ごしになどされなかったのである。

破局は、少し遅れてやってきた。

七月の初めにはめずらしく、くっきりした月影が夜空を明るくしていた。日曜の夜だっ

た。夜風の涼を求めて窓を開け放した自室で帳簿を整理していた薫は、突然あがった悲鳴に驚いて窓の外を確かめた。

母屋《おもや》のほうから硝子の破れる音が激しく響いた。薫は外へと飛び出した。

書斎の扉の向こう側からは、めちゃくちゃにものが壊される気配が伝わってきた。尋常の物音とは思えなかった。すでに悲鳴はやんでいた。薫は駆けつけた勢いのままにドアの取っ手を握り締め、力任せに引き開けた。

一面、血の海だった。

あちこちに飛び散った血の色をみとめたとたん、強く鼻をついた異臭に、薫は頬をゆがめた。生臭い、人の体液の臭いだ。

部屋の中程に、仁王立ちになった青井がいた。返り血を浴びて真っ赤に染まったワイシャツの裾《すそ》をズボンからはみ出させた青井は、大きく肩で息をしていた。血まみれの手に握りしめられているのは普段から書斎に飾られている長太刀《ながたち》で、その足もとにはふたりの人間が折り重なるようにして倒れていた。

薫は雷にうたれたような衝撃を受けて、その場に立ちすくんだ。そして瞬時に、何もかもを了知した。

青井が薫の父と、自分の妻を殺傷したらしかった。理由など問うまでもなかった。薫が書いた密告の手紙のせいに決まっていた。悲鳴も、おそらくは懇願も受け付けず、粛々《しゅくしゅく》と執行された、これは不貞に対する私刑だ。

言葉が出なかった。ただ、とんでもないことをしてしまったという恐れだけが、胸奥に真っ黒なしみのように拡がっていく。

取り返しのつけようもない大惨事だった。青井が手当たり次第に振るう太刀が、何もかもを破壊していく。それなのに、あたりは奇妙に静かだった。怖気《おじけ》を振るうような惨状を目の当たりにしているにもかかわらず、確かな現実味が感じられない。

――これは、悪い夢なのか。

疑いかけたとき、不思議な静寂は唐突に破られた。

「……来るな。逃げろ」

瀕死《ひんし》の父親の弱々しい声が薫をたちまち正気づかせた。

薫をいましめていた悪夢のような緊張が解け、身体に正常な感覚が戻った。それまで床に釘づけになっていた足が一歩前に出た。

考えるより先に青井に飛びかかっていた。荒れくるう主人を取り押さえようとしたのは、半ば本能的な行動だった。しかし、青井は他人を寄せつけなかった。人間とは思えない腕力で薫を振り払い、太刀の柄《つか》でその横面を殴りつけた。薫は調度もろともなぎ倒された。

雷鳴のような怒号が書斎の空気を震わせた。

「どいつもこいつも、勝手な奴ばかりだ！」

どこかですすり泣きが続いていた。近くにまだ、無傷の人間がいたらしい。青井もそのことに気づいたらしく、もの凄《すご》い形相《ぎょうそう》で部屋のなかを見まわした。

青井は続き部屋の入り口近くに立ちすくんでいる娘の姿をみとめた。瞳子はまっすぐに前を向いたまま泣いていた。大きく見開かれた瞳。そこに映し出されているのは、真っ黒な恐怖だ。信じきっていた世界に残酷に裏切られた娘。ごまかしようもない現実が、いましも彼女をひと呑みにしようとしていた。

青井が太刀を振って、刃についた血を払った。ゆっくりと歩きだす。娘に近づいていく。そうしながら青井は酷薄なまなざしで、娘と、彼女のかたわらにへたりこんだ希和を見ていた。

だんだんに振り上げられる長太刀の刀身が、凍えるような光を帯びる。

いつの間に、どこから持ち出したのだろう。希和が両手に拳銃を握り締めていた。震える銃口は青井に向けられていた。しかし冷静に歩みを進める青井に、動じる気配はまったくなかった。

薫は焦った。ああ狙いが定まらなくては当たるはずがない。どうあっても、自分が青井を止めなくては。

薫は必死で立ち上がろうとした。ところが、身体はまったく意図《いと》したようには動いてくれなかった。一方の足の骨が折れているらしかった。片足を引きずりながら、這うようにして進んだ。

青井が言葉を発した。完全な正気を保った冷ややかな声で、彼は娘を断罪した。

「おまえは、不義の子」

間に合わない。予断に満ちた裁きの刃がいまにも振り下ろされる——思わず太刀の切っ先から目を背けた薫は、直後、銃声を聞いた。オートマチック拳銃から次々に撃ち出される十発の弾丸の発射音だ。目を上げたとき、薫は彼女が撃った最後の弾丸が、青井の頭部を吹き飛ばすのを見た。

振り上げられた太刀が床に落ち、あたりに血肉の雨が注いだ。

立ち上る硝煙の匂い。ひたひたと足もとを浸す絶望と虚脱。誰もが声を発することさえできず、ただその場にうずくまっていた。

とても長いあいだ。

4

目の前でろうそくの炎が揺れていた。

濃い闇はいつのまにか薄闇に変わっていた。さらにはまわりの景色までもが、さっきまでとはすっかり違うものになっていた。まるで芝居の幕が切り替わるような唐突な、そしてありえない状況の変化に、薫はつかの間見当識《けんとうしき》を失ってまごついた。

青井屋敷の血まみれの書斎は跡形もなく消え失せて、代わりに雑多な商品が詰め込まれた棚が並んでいる。さして広くもない場所。

――雑貨屋か？

薫は金物屋の土間に立っていた。呆然《ぼうぜん》としながらあたりを見まわした。

自分はさっきまでどこで、何をしていたのか。あやふやになった記憶の端を手繰《たぐ》りよせ――ほどなく目についた少年の面差しを手掛かりにして、やっと現実に立ち返った。

「これは……いったい、どういう手品なんだ」

首をひと振りして意識にかかった靄《もや》を追い払いつつ、薫は強い口調で目の前に立つ少年を質した。

問われた夜見坂は、何でもないことのように答えた。

「素面《しらふ》で口にするのは憚られる事情みたいだったので、ちょっとのあいだ居眠りをしてもらったんです」

「居眠り？　きみは僕に薬でも嗅《か》がせたのか」

言われてみれば、まるで水から上がったばかりのように身体が重い。四肢から力が抜けていくようだった。

「薬じゃありません。言葉を使っただけです。事情を話すのに、かなりの抵抗をお持ちのようだったので、直接あなたの奥の君にお願いしてみました。精神の門の番人を少しのあいだだけ眠らせて、隠しごとを吐き出させてやってくださいって」

「ばかばかしい。そんなことができるものか」

「そうでもありません。言葉ってものは実体を持たないながらに、けっこうな威力を秘めているものなんです。こと、人に対しては。さいわい今回はとてもうまくいきましたよ。ご事情はすっかり、あなた自身の口から聞かせていただきました。青井家を襲った不幸な強盗事件の真相――あなたのお父上と、主家の方々との感情の行き違いのせいだったようですね。ずいぶんたいへんな目に遭われましたね」

「まさか。ほんとうに僕が話したのか。それを？」

「はい。でも、うかがった内容を他言したり、ゆすりのネタに使ったりなんてことはしませんからご心配なく。瞳子さんの依頼に対応するためには、どうしてもそのへんのお話を詳しくうかがっておく必要があったので、失礼を承知で暗示をかけさせていただきました」

「驚いたな、どうやら僕はきみに怪しげな術をかけられたらしいな。子供だと思って油断したよ。たいした腕前だ」

皮肉っぽい口調とは裏腹に本気で腹を立てているらしい薫に、夜見坂はきまり悪そうに肩をすくめてみせた。

「暗示をかけるに先立って、その旨をことわらなかったことは謝ります。だけどことわったところで、どのみち許してはくださらなかったでしょう？」

「あたりまえだ」

「とにかく、お話をうかがえたおかげであなたが瞳子さんに何を隠し続けてこられたのかがはっきりしました。以前にうかがった瞳子さんのお話では、彼女のご両親は強盗に襲われて亡くなったということでしたが、ほんとうはそうじゃなかったんですね。あなたは家庭内で起こった殺人を、強盗事件だったと偽って瞳子さんに告げた。

ところで、いまに至るまで彼女に事件の真相を隠し続けているのはなぜですか。まさか、親切のつもりだなんておっしゃいませんよね」

「そうだな、親切じゃない」

「じゃ、きっとあなたはご自分のしたことを隠すために、瞳子さんを無知のなかに閉じ込めてきたんですね。精神的にも、物理的にも」

「違う」

「どう違うんですか」

「信じられないかもしれないが、彼女は事件についての記憶を自然に失くしたんだ。そのときにかかった医者に言われた。

記憶喪失というのだそうだ。精神に負荷がかかりすぎると防衛反応としてそのようなことが起こるらしい。ただ、不意に消えた記憶はまた不意に戻ることがあって、そうなったときには当人に何が起こるかわからない。その場合をよくよく警戒しておくように、なるべく常ならぬものに触れさせないようにと注意を受けた。その結果、不測の事態に備えようとする姿勢が彼女の自由をいくらか制限することになった。それは認める。だが、必要に迫られてのことだ。仕方がなかった」

「だとしても。状況は、あなたにとっては、もっけのさいわいだったんだ。あなたは一連の成り行きによって、ひどい罪悪感を背負うはめになった。なにしろ、自分の書いた密告の手紙のせいで、お父上だけでなく、恩人夫妻をも巻き込んでの大惨事を引き起こしたんですから。必然、あなたは自分の犯した罪の重さに押し潰されそうになる。といって、自分の罪を直視するのは耐えられない。だからあなたは、最大の被害者である瞳子さんに嘘をついた。加えて異常な保護を彼女に押しつけた——そうして、『起こってしまったこと』を『なかったこと』にしたんです。

その一方で、義理堅いあなたはいずれ、赦《ゆる》しを乞《こ》う罪人のように瞳子さんに仕え、彼女の人生をそっくり背負う覚悟をしたんでしょうね。だから彼女を妻にと求めた。じっさいこのやり方はあなたにとって、とても都合が良かったんだ。彼女を無知のなかに保護——閉じ込めてさえおけば、あなたの罪は隠され、同時に贖罪《しょくざい》も果たせる。ところがやっぱり義理堅いあなたは、瞳子さんを婚約者として厳重に保護する一方で、わざわざ彼女に嫌われるようにふるまった。これ、一種の自罰行為ですね？　あなたの良心をなだめるための。

だけどそういうやり方って、ためになりませんよ。不適当な罪悪感ほど人を陰険に責め苛《さいな》むものはありません。自罰の鞭《むち》は絶望よりも悲嘆よりも深刻に人を蝕《むしば》みます。長い時間をかけて人を害する恐ろしい呪いです。ご自分じゃお気づきじゃないみたいですけど、いまのあなたときたら、両足を泥沼に突っ込んでいる感じですよ」

「まじない屋というのは、いやにうがった見方をするものだな」

「お認めになりたくなければそれでも結構です。とりあえず問題にすべきなのは、そのことじゃありませんから。ただ、お伝えしておきたいのは、そういうやり方にはひどい落とし穴があるってことです。動機はどうあれ、嘘でねじれた関係に未来なんてありません。そんなじゃ、誰もしあわせになれない。あなたが望んで不幸になるのは勝手ですけど、その不幸に瞳子さんを巻き込む権利は、あなたにはないと思います」

夜見坂の一方的な言いように、しかし薫は反論の姿勢さえみせなかった。静かに首を振っただけで、話を打ち切ろうとした。

「何と言われようと、僕はいまのやり方を変えるつもりはない。彼女は何も知らなくていい。わざわざ真実を知らせる必要があるとも思わない」

「ご自分がなさったことを瞳子さんに責められるのが怖いんですか？」

「手紙のことなら……そうだな、確かに僕が余計なことをしなければ、あんなことにはならなかっただろう。僕はきっと取り返しのつかないことをした。なるほど僕のやっていることはたいした欺瞞《ぎまん》だ。しかし、最善の選択だと確信している」

夜見坂はあきれ顔でため息をついた。

「いけないいな。まずはあなたの抱えたその妙な罪悪感をどうにかして解消してもらわなくちゃ」

薫はかすかに首を傾けた。唇にいびつな笑みがうかんだ。

「無理な相談だな」

「試してもみないうちからそれを言うのは早計ってものですよ」

「六年も前に済んでしまったことだ。いまさら何をどうしようというんだ。手遅れだよ。どうにもならない」

「それはどうでしょう。何かを思い立ったときって、これまでできなかったことをするのにやっぱり最善の機会だったりするものです。だからいますぐに行って、確かめてみましょう」

「どこに？　何を……」

「希和さんですよ。あなたと申し合わせて、不名誉な家庭内殺人事件を瞳子さんに隠蔽《いんぺい》した忠実な協力者。彼女に確かめてみるんです。瞳子さんもあなたも、まだ知らないことがあるかもしれない」

降り続く雨の激しさは度を増す一方だった。

真っ暗な雨空に轟《とどろ》きわたる雷鳴のなか、あわただしく帰宅した薫を、希和は文字通り飛ぶように駆けてきて玄関先に出迎えた。

「どうでございました？　あの、こまっしゃくれた金物屋の小僧さんときたら、いったいお嬢様に何てことを――」

そんなふうに言いかけた希和は、じきに自分の口を片手で覆った。薫のすぐ後ろに、当の金物屋の小僧が立っているのを見つけたからだ。

ずいぶん遅い時刻であるにもかかわらず、通された居間には煌々《こうこう》と明かりが灯されていた。天井に吊り下げられた豪華なシャンデリアにはもちろんのこと、暖炉の上の燭台にも、飾り棚のかたわらにあるスタンドにも、明かりが入れられていた。

不安を追い払うかのように照度を上げた部屋の中央には、猫足のテーブルとビロード張りの椅子が一式配置されている。瞳子は壁際に寄せられた長椅子の上で静かに眠っていた。

「あれから彼女に何か、変わった様子はありませんでしたか」

薫が、規則正しく寝息をたてている瞳子を肩越しに見遣りながら希和に訊いた。

「はい。ようやくふつうにお眠りになられて……いまは落ち着いていらっしゃいます。ですが、今度はぴくりともなさらなくなって。ほんとうに、どうしてこんな……」

「そのことなんですが、やはり金物屋の彼に心当たりがあるらしいんです。それで、しばらくのあいだ居間をお借りしたいのですが」

「まあ、もちろん。ご遠慮なくどうぞ。すぐに何かお持ちいたします」

薫と希和がそんな会話を交わしているあいだに、夜見坂は壁際の長椅子に近づいた。そっとのぞき込む。いまや深い眠りの底にいるらしい依頼人は、かすかな寝息だけを生命の徴《しるし》として、彫像めいた寝姿をそこに横たえていた。

彼女を見つめる夜見坂の唇が小さく動いた。それはとてもささやかな動作だった。額にのべられた指。約束の言葉がひとすじの風となって、夜に迷い込んだ瞳子のあとを追っていった。


希和は客である夜見坂と、まだ夕食をとっていない薫のために軽い食事を用意した。

奥に引き下がって間もなく、大仰な配膳台を押してふたたび居間にあらわれた希和は、さほど大きくもない応接テーブルの上をたちまちのうちにジャムのサンドイッチや、熱い紅茶を満たしたポットや、細々とした食器類でいっぱいにした。

手際よく仕事を済ませたあと、また当然のように部屋を出ていこうとした希和を、夜見坂はあわてて呼び止めた。

「あっ、あなたもここにいてください。じつは今夜は希和さんにお話をうかがいたくておじゃましたんです」

「私に……ですか？」

おどおどと立ち止まった希和は、助けを求めるような目つきで薫を振り返った。

しかし、薫は行っていいとは言わなかった。あてを外した希和は、夜見坂に従うようにとうなずいてみせた薫に逆らいかねて、気乗りしない様子で引き返してきた。空いた椅子に居心地悪そうに腰かけると、うつむいて、重ねた自分の両手に視線を固定した。

「亡くなった、瞳子さんの御母上についてなんですが――」

夜見坂がずばりと切り出したとたん、希和は大きく身を震わせて顔を上げた。あきらかな動揺のそぶりを示した希和に、しかし夜見坂は構うことなく先を続けた。

「彼女と、薫さんの御父上――故深山氏の関係について。『強盗事件』の夜に起こったことについて。あなたが知っていることを、洗いざらい話していただけませんか」

「そう、おっしゃられましても……」

希和は言いよどんで、また口をつぐんだ。

「いいんです。話してください。事件についてあらかたのことは、すでに僕が話しましたから。あとはあなただけが知っていることを教えてください。このさい僕も……父の過去についてできるだけのことを知っておきたい」

薫に励まされて、希和は逃げ場を失ったようにまなざしを伏せた。重い口がようやくのこと、開かれた。

「いまだからこそ、申し上げられることですが……」

希和はあいかわらず、どこかしら落ち着きのない様子で切り出した。

「奥様──響子様は、旧姓の川田《かわだ》を名乗られていた頃から、薫様のお父様──深山さんのことを慕っていらっしゃいました。私の見たところ、それは深山さんのほうでも同じだったように思われます。ですが、身分違いの恋が実を結ぶはずもありません……深山さんは奥様と青井様との縁談が持ち上がった時期を潮時にして、お嬢様からも川田商店の番頭の職からも身を引いて、川田家を去られました。

当時、川田の屋敷に商用で出入りしていた者の噂では、王都で新しい職を得て、ほどなく妻女も迎えられたということでした。

ほんの少女の頃から、響子様のそば仕えをしておりました私は、その心中をお察ししてたいへんお気の毒に思いましたけれども、青井様は奥方になった響子様をそれは大事になさいましたので、私はまだしも自分を納得させることができました。

奥様はお間違いにならなかった。正しい、良い結婚をされたのだと。

奥様も、初めのうちこそ沈みがちでいらっしゃいましたが、やがては青井様との暮らしに慣れてゆかれました。だんだんに青井様に打ち解けられ、やがては人の噂にのぼるほどに睦《むつ》まじいご夫婦におなりでしたから。

なかなかお子様の授からなかったことだけが気がかりの種でございましたけれど、結婚八年目にしてようやく瞳子様をお迎えすることができ、それはもう、うっとりするほどおしあわせそうなご家族でございました。それが、まさかあんなことになるなんて……思いもよらないことでした。どうして青井家の皆様があのように恐ろしい不幸に見舞われることになったのか、私にはわかりません」

希和はひととき言葉を詰まらせて、膝の上の置いた両手を落ち着きなく揉み合わせた。

「……ご存じのとおり、十二年前に王都を襲った大災害は各方に甚大《じんだい》な被害をもたらしました。あの日を境に立ち行かなくなった会社も、それは多うございました。幸運にも、青井様の会社は倒産の憂き目ばかりからはまぬがれましたが、王都の支店を失ったために、青井貿易もそれなりの厄介を背負いこんだようでございました。じっさい、当時の青井様は資金繰りのために屋敷に落ちつくこともないような日々を送っていらっしゃいましたから。

そんな折も折、奥様に深山さんの消息を告げる者がありました。巡り会わせとは奇妙なものでございますね。寡夫《かふ》になったうえに上級学校に上がる直前の子供を抱え、さらに勤め口を失った深山さんが働き口を求めているというような噂でした。その頃、仕事に忙殺されていた青井様をひそかに心配しておられた奥様は、夫君の片腕になりうる有能な働き手を求めておられました。そして、深山さんの働きぶりの確かさは、誰より奥様がいちばんよくご存じでございました。

むかし断ち切られたはずの縁は、こうしてふたたび結びつけられました。

青井様は、深山さんをすぐにお気に入られました。それには奥様のご紹介であったということもいくらか影響していたと思います。何度も申し上げるようですが、青井様は、ほんとうに奥様を大切にしておられましたから。

災害から二年もたつ頃には、青井様の会社は深山さんの献身的な働きもあって、どうにか一応の安定を取り戻しておりました。ですが好事、魔多しでございますね。その頃旦那様の耳もとに、どこぞのおせっかいが悪意ある言葉を吹き込んだようでございます。

あれは深山さんが入社されて、三年目の夏でございましたか。休日のお茶の時間に、親しいご友人の幾人かを招待された席で、青井様はいかにも気安い調子で奥様にお訊ねになりました。

『きみ、深山君とは特別に親しかったらしいね。ばかばかしいことに、きみたちのことを恋仲だったのではないかと邪推する人間がいるのだが……女学生時代、きみが彼に私的に勉強を見てもらっていたというのは、ほんとうかね？』」

奥様は言下にそれを否定されました。うっかり火に触れたときのような、早すぎるお答えでした。そのあとになって、ご自分のなさった返事の不自然さにお気づきになられたようでした。

『そうか。身に覚えがない、か』

そんなふうにつぶやいた青井様にじっと見つめられた奥様の顔色は、真っ青でした。

王立大学校出身の秀才だった深山さんがかつて、女学生だったお嬢様にせがまれてときどき勉強を見てさしあげていたことは、川田の家内では知らぬ者のいない事実でした。つまり、奥様がとっさに口にされたお言葉は、あまりにも見え透いた嘘でございました。ほんとうに些細なことでしたが、そのときの青井様の表情に、私は何とはなしに不安を抱いたのを覚えています。

いまにして思うと、そのときにはもう、おふたりのあいだには不幸の影がさしていたのでしょうか。とはいいますものの、それから事件が起こるまでの一年間、おふたりの間に、このこと以上に目立った波風が立ったような記憶はございません。ましてや、奥様と深山さんの関係について、私に何が申し上げられるでしょう。私の目には、ただの主従の関係にしか映りませんでした」

希和はその物語を終えるまでのあいだ、終始うつむいたまま、一度も顔を上げようとしなかった。

夜見坂は小さなため息をひとつついた。

「お話、ありがとうございました。だけど響子さんと深山氏の関係のほんとうのところをあなたがご存じなかっただなんて残念です。そうなると、不貞の真偽を検証することはもはや不可能なんですね。奥方の不貞はあったかもしれないし、なかったかもしれない。だけど確実にわかっていることもあります。誰もかれもが嘘をついているってことです。奥様がとっさについた嘘。どうして青井氏は、少し調べれば済むようなことを人前で彼女に質したんでしょう。もしかすると彼女が何か不用意な答えを返すことを予測していたからでしょうか。それとも、脅しでしょうか？　牽制でしょうか？　第一、それほど以前から奥様を疑っていたなら、青井氏はどうして徹底的に真実を確かめようとはしなかったんでしょう。奥様にしても、もし疾《やま》しいところがないのなら、不貞を疑われていることを知りながら、なぜその状態を放置していたんでしょう。

希和さん、あなたもやっぱり嘘をついていますね。あなたの物語にはところどころに違和感があります。ですが、その違和感を取り除くのはちっとも難しくはありません。語られた事実をたったひとつ訂正するだけできれいに片がつく。

青井氏と奥方は初めから少しも仲睦まじくなどなかった。そう考えれば、この異様なこの成り行きにすっきりと筋が通ります。

じつはこの数日のあいだに、亡くなった青井氏の周辺をいろいろと調べさせていただきました。彼、響子さんとは再々婚なんですね。前妻ふたりはそれぞれ病気と事故で亡くなっています。ことさら派手にふるまう事業家ってものは、たいてい疾しい経営をしていたりするものですけれど、青井貿易の業績にも不自然なほどの波がありました。だけど破産の危機に見舞われるそのたびに、妻女の実家からの出資や、出どころのよくわからない資金で命をつないでいたようですね。さいわい、妻女はいずれも豪商の子女ばかりでした。彼女たちは死ぬまで彼の役に立ってくれたことでしょう。

希和さん。奥方はあなただけに、誰にも言えない苦境を——しあわせな結婚生活の裏側を、打ち明けたのではありませんか。

外面ばかりよい冷酷な夫。紳士の仮面をかぶった鬼。別れようとしても、青井氏はけっしてそれを許さない。加えて、会社の内情は火の車。彼女がむかしのよしみをたどって、頼りになる人物に助けを求めたくなる気持ちもわからないではありません。

その結果、助力を求められた深山氏は、彼女を必死で支えることになった。響子さんは昔好きだった人——それも少なからぬ未練を残して別れた相手です。助けを求めてのばされた彼女の手を振り払えるほど、彼は冷酷ではなかった。

ところで、事件の夜です。薫さんが悲鳴を聞いてから母屋に駆けつけた時点で、書斎にいたのは青井氏と奥方、深山氏、それにあなたと瞳子さん。皆さん勢ぞろいといった顔ぶれですね。血まみれになる前、書斎は何を相談する場だったんでしょう。それがどうして、あんなことになってしまったんでしょう」

「それは……」

問われた希和の両目にみるみる涙の粒が盛り上がった。

「それは私が……」

希和は両手で顔を覆った。

「私が奥様に……余計なことを申し上げたせいでございます」

瞳子は夢のなかにいた。

いつもの白い部屋だ。けれど室内を満たす空気の温度は、いつもと違っていた。ひんやりと冷たい——夜の気配だ。

風が吹いている。

瞳子は背後を振り返った。そこにはあるはずのない扉が開いていた。扉の向こうに広がっているのは、夜の――無人の街並みだ。明るい月に照らされて、家々の屋根瓦が白く発光して見えた。板塀。電柱。立て看板。土の道に、濃い影が落ちている。

瞳子は扉に歩み寄って、片足を外に踏み出した。

土の上に靴底をつけたとたん、自分が影よりも黒いワンピースを着ていることに気がついた。膝小僧を覆うスカートの裾から黒い革靴のつま先がのぞいている。視線を上げた。やけに目線が低い。

――ああ、そうか。わたしは十二歳なんだ。

唐突にそのことを思い出した。とたんに身体の奥の、どことも知れない場所がずきずきと痛みはじめた。吐き気がする。病気なのだろうか。けれども、こうしてはいられないと気をとり直した。急いでいることを思い出したのだ。行くべきところがあった。目的地が一枚の絵となって、ぼんやりと頭にうかんだ。

月夜の海だ。

――そうだった。わたしは海に行く途中だったんだ。

得体の知れない何かに追われているような気がした。瞳子はほとんど駆けるようにして歩きだした。

――早く。急いで。

行かなければならない場所を思い出した。なのに、行けども行けども家々が立ち並ぶ路地ばかりが続く。何度も行き止まりにじゃまをされる。まるで迷路だ。海に出るには南に下ればいい。そう信じて屋敷を抜け出してきたはずなのに、月夜の道は緑の影に沈んで、瞳子の目から方向の見当をすっかり隠してしまった。

瞳子は疲れた足を引きずって、なおも歩いた。

行く先に、ぽつんと明かりが見えた。暗い通りに細く光が漏れている。商店の硝子戸の隙間から落ちた灯火が、夜の路面を仄明《ほのあか》るくしていた。夜中だというのにまだ店を開けているなんて、変わった商店だと思った。何を商《あきな》っているのだろう。

瞳子は急いでいることをつかの間忘れて、目隠し布の引かれた硝子戸の隙間から店のなかをそっとのぞき込んだ。

店内はたくさんの商品で埋め尽くされていた。鍋や、薬缶や、大小の盥が橙色の灯火を映しこんで鈍い光を放っていた。金物の表面にかかった金や銀の暈《かさ》が幾重にも重なって、とてもきれいだった。

奥の小机でそろばんを弾いていた老人と目が合った。どきりと心臓が跳ねた。あわてて硝子戸から引き下がった瞳子を、老人の声がひきとめた。

「いらっしゃい。遠慮しないで入っておいで」

やさしい声だった。だから、思わずまた、硝子戸に近づいた。老人は小机の前にかけたまま、こわごわ店内を見まわしている瞳子を手招きした。

「だけどわたし、お客じゃないんです」

「そうかい？」

「お金だって持っていないし」

「ふん、ふん」

「急いでいるし」

「こんな夜中にかい？」

「海へ行かなきゃいけないの」

「そりゃまた、どうして」

「わたしを捨てに行かなきゃ」

おかしなせりふがするりと口をついて出た。

——わたしは何を言っているのかしら。

自分でもわけがわからないまま、十二歳の瞳子は老人に答えた。

「わたしは悪い子供だから、生きていてはいけないの」

「だからといって、捨てに行くというのはちとまずかろう。加えて、大いにもったいない」

老人がやって来て、瞳子の前に屈みこんだ。室内の明かりが逆光になって、老人の顔を暗くした。暗い顔の老人はしばらく瞳子を検分するように見つめていたが、やがてしみじみと息をついた。

「おまえさん、その齢でずいぶんな目に遭いなさったなあ」

「そんなこと、どうしておじいさんにわかるの？」

「わかるさ。なにしろ、俺は生まれつき目がいいからな」

老人の言葉に、瞳子は身震いした。ここは魔法使いの家なのだと思った。だから夜中に店を開けているのだ。怖い。このままでは老人に自分がしたことをすっかり見透かされてしまうかもしれない。

——自分のしたこと？

瞳子は自分で自分に問いかけた。

——わたしはいったい、何をしたの？

わたしは……。

瞳子はぎくりとした。両手をさっと背中に回した。さっきまできれいだった手のひらが、真っ黒に汚れていることに気づいたからだ。

震えがとまらない。吐き気がする。わたしは悪い子供。わたしは。

――お父様を殺した。

「私は、お嬢様に人を殺《あや》めさせました」

希和は涙声で告白した。

「そうじゃない、あれはあなたのせいじゃなかった」

薫が強い口調で希和の言葉を否定したが、希和は受けつけなかった。

「いいえ、私のせいです。私が……」

「勇敢にも、膠着《こうちゃく》した不幸から奥様を救い出そうとしたんですね？」

夜見坂の言葉に、希和はぎくしゃくとうなずいた。

「……いつだったか、私は薫様が郵便受けの前に立っておられるのを見かけました。めずらしいことでしたのでお声をおかけしましたが、すぐに行ってしまわれましたね。あの日、いつものように郵便箱の中身を引きあげて確かめましたところ、青井様あての、差出人の署名のない封書が見つかりました。

何となく、良くないものだと思いました。それで私は、あえてその手紙の封を切りました。手紙の内容は奥様と深山さんの親密さについて、主人である青井様に注意をうながすものでした。私は間近に迫ったご夫妻の関係の破綻《はたん》を予感しながら、暗い心持ちでそれを焼き捨てました」

　薫が驚いて声をあげた。

「あれを……あなたが始末したっていうんですか」

「はい、いたしました」

「あれは僕が書いたものです。父を奥様から引き離したくて――」

「でしたら、薫様も気づいておられたのでしょうか。あの頃のご夫妻のあいだにあった、恐ろしい軋轢《あつれき》を？」

「いいえ。僕は何も知らなかった」

「とにかく、あの頃の私はたいそう焦っておりました。傍目にもあきらかになりつつあるご夫妻の不和。これ以上青井様と一緒におられても、奥様は際限なく不幸になるだけだと思いました。長く仕えてきて、娘のように親しんできたお方です。とても見ていられなかった。ですから醜聞《しゅうぶん》になるのは承知で、瞳子様をつれて青井家を出奔《しゅっぽん》することをお勧めしました。これは、私と奥様以外は誰にも内密で計画していたことです。他所にひそかに隠れ家を手配して、準備は万端整っておりました」

「だったら、どうしてさっさと荷物をまとめて出て行かなかったんですか」

　夜見坂が訊いた。

「そうするつもりでした。でも、できなかったんです。決行日の夜、あと数時間のあとには汽車に乗っているという時刻になって、青井様は奥様を書斎にお呼びになりました。深山さんと一緒に。

嫌な予感がしました。といって、ほかにやりようもありません。私は瞳子様と一緒に書斎の続き部屋に控えて、青井様の用件が済むのを待つことにしました。いざというときは、お嬢様だけは何としてもお守りする覚悟でございました」

「お守りする？　なるほど、それで合点がいきました。あの場に唐突に登場した拳銃は、あらかじめあなたが用意していたものだったんですね。それにしてもあなたにそこまでの危険人物と見做《みな》されていたなんて、青井氏は相当な怪物だったようですね」

青ざめた顔で、希和は夜見坂の言葉を肯《うけが》った。

「もしものときのためにと、懐《ふところ》にしのばせておきました。青井様のコレクションからこっそりと拝借したもので――ですけど、じっさいに使うつもりなどありませんでした。ほんのお守りのつもりだったんです」

「だけど、大いに役に立った」

希和はうしろめたそうに身じろぎをして、夜見坂から目を逸らせた。

「いいえ。私は撃てなかったんです。そうできていたらよかったのに。あのとき、私はためらいました。私は……あのとき、撃つべきでした。そうしてさえいれば、お嬢様は――」

瞳子は目を閉じた。

そのときの情景がゆっくりと頭のなかにうかび上がってきて、やがて鮮明な映像に変わった。

揺れる銃口。希和が懐から拳銃を引き出したとき、彼女の手は震えて、銃身はおかしいくらい上下左右に振れていた。目の前に、長い爪を振りかざした鬼がいるというのに。

あれは鬼だった。開いた口は耳まで裂けて、両目は炎のように燃えていた。お母様と、深山の小父《おじ》様を長い爪で刺し殺した、あれは悪い鬼。

だから瞳子が引き金を引いた。最初の一発を撃った衝撃で、後ろに吹き飛ばされかけたけれど、そうはならなかった。希和にしっかりと抱きかかえられていたからだ。弾がきれるまで撃ち続けた。どの弾が当たったのかはわからなかった。なのに、撃つたびに、弾丸が鬼の肉をえぐる、生々しい衝撃が腕に伝わってきた。

その感覚が、ふたたび手のなかによみがえってきた。瞳子はもう少しで叫び声をあげそうになった。

――そう。わたしが殺した。だけど、あれは……ほんとうは鬼じゃなかった。だから。

「……わたしは……罰を受けなきゃならないの」

瞳子は、かろうじてそれだけ口にした。

「誰がおまえさんを罰するってんだい？」

老人が訊いた。瞳子は答えられなかった。

「おいで、俺がそいつから逃れられるまじないを、おまえさんにかけてやろう」

瞳子は手をつないだ老人の顔を見上げた。

「そいつって、おばけのこと？」

「おばけとは、違うな。だが、おばけよりよほど怖いものだぜ。なにしろ、他人じゃねえんだからな。気に入らないからって、はい、さようならというわけにもいかねえ。場合によっちゃ、一生つきまとわれるはめになる。そいでな、じっくり時間をかけてとり憑いた人間の命を食い尽くすんだ」

「……怖い。それ、何ていうもの？」

「ざいあくかん、って名の妖怪さ」

老人はにやりと笑って瞳子を椅子に座らせた。

「待ってな。いま、道具を持ってくるからな」

言って、奥に引っ込んだ老人はしばらくの後、明かりを灯した燭台と、ソーダ瓶やコップを載せた盆を手にしてあらわれた。

「さあ、嬢ちゃん。このろうそくの火をごらん。いま頭のなかにうかんだものをきちんとたたんで、しばらく箱のなかにしまっておくんだ。それをなんとか受け入れられるときが来るまでな。こう、心にうかぶ場面を、ひとつひとつ、白い紙に焼きつけるんだぜ。そいつを重ねて、箱に入れて、ふたをしておしまいだ。いったん、目を閉じてな。いいかい？」

瞳子は老人の言葉に従った。

まぶたの裏でろうそくの光が揺れていた。老人の言うとおり、頭のなかに次々に絵がうかんだ。

怖くなるほど静かな声でおっしゃったお父様。

「響子。おまえは、この男が好きか？」

お母様は何か答えようとされた。それなのに、お父様はお母様のお返事をお待ちにならなかった。

尋常ではない顔色で、壁にかけた刀を手にとって、お父様は鞘《さや》を払った。

深山の小父様がとっさに前に出て、お母様を庇《かば》おうとしたみたいだった。お母様が身の毛もよだつような悲鳴をあげた。

お父様はそんなおふたりを、もろとも串刺しにした。長い刃で。

わたしは続き部屋のドアの隙間からそれを見ていた。何か三人で、愉快な相談をされているのではないかと思ったから。

でも、そうじゃなかった。思わず取っ手を突き放したわたしの前で、ドアが全開になった。そばにいた希和さんがその場にぺたりと座り込んだ。震えながらわたしを抱き寄せた。彼女は懸命に身体を動かそうとしていたけれど、腰が抜けていたのかもしれない。その場を移動することもできないみたいだった。

お父様は部屋のものをめちゃくちゃに壊しはじめた。戸口に駆けつけた薫さんがお父様を止めようとしたけれど、凄い勢いで打ち払われた。

わたしは泣き出した。怖くてたまらなかったのに、そこから目が離せなかった。お父様がこちらを振り返った。わたしを見つけた。

お父様は、もうお父様の顔をしていなかった。

わたしの知らないお父様。それは真っ黒な口で、わたしに言った。

「おまえは、不義の子」

強い風が起こった。恐怖の光景を焼きつけた何枚もの紙が闇に舞い上がって、バラバラと音をたてて重なって、一枚残らず白い箱に納まった。ふたが閉じる。

目を開くと、老人の冷たい指先が額に触れていた。額の中心から、涼しい風が体中に吹き抜けていくような、いい気持ちがした。

「よし、うまくいったぞ。こうしてしばらく、かの妖怪を眠らせておけば、そのうちおまえさんの奥の君がなんとかしてくれるだろうよ。ちっとのあいだ不自由もあろうが、かの君が力を回復するまでの辛抱。そのときがきたら自分で扉を開けて、外の世界に出て行けばいい。この世は他人の不始末にいつまでもかかずらわって無駄にしてしまうには、ちょいと惜しいところだぞ」

瞳子は顔をしかめながら老人を仰ぎ見た。

「おじいさんの話はずいぶんわかりにくいわ。奥の君って、だれのこと?」

「ふん、何といえばよかろうな。人の裡《うち》に棲《す》んでいる、何でも知ってござる凄いお方の仮の名だ。ところが、かの君は凄いお方には違いないが、万能というわけじゃない。力が弱まることもしばしばだ。なにしろ、人の身には絶えず、常人の目には見えんもの——邪気やら鬼気やら蟲《むし》やらが飽きもせずに出入りしているのでな。奥の君も、ちんとすまして御《ご》座《ざ》してばかりじゃいられんさ。

したが、おまえさんの奥の君はなかなか土性骨《どしょうぼね》があるぞ。自分じゃ手に負えないってんで、今夜おまえさんを力ずくに俺んとこまで引っ張ってきた」

「目に見えないものとか、奥の君とか、やっぱりよくわからない」

「おまえさんがわからなくても、おまえさんの奥の君はちゃんとご存じだろうよ」

老人は肩をすくめて小机に置いた盆からコップを取った。その三分の一ほどを、金色の液体が満たしている。老人はそれを瞳子に持たせておいてから、ソーダ瓶の栓を抜いた。瓶の中身をそこにつぎ足した。濃い金色がたちまち明るく透き通って、銀色の気泡がコップの内側できらきらとまたたいた。

「とてもきれいだわ。これ、魔法の薬?」

目をみはった瞳子に、老人は少し照れくさそうにした。

「そんなたいそうなものじゃない。俺が作った、ただの梅蜜だ。これはおまえさんの奥の君との符丁――約束みたいなものでな。次に同じものを口にしたとき、かけてあった鍵が開くって寸法さ。

さあ、お飲み。これが仕上げだ。おまえさんにとり憑いた妖怪は、おまえさんの記憶の一部と一緒に眠りにつく。おまえさんの奥の君がそいつを追い払う力を取り戻したら、またおいで。そのときはいま一度こいつをごちそうしよう」

「それ、いつのこと？」

「さあな、それぱっかりは俺にもわからん」

老人の返事に、瞳子は表情を曇らせた。

「おじいさん、そのときまでちゃんとここにいてくれる？　わたしの名前を忘れないでいてくれる？」

不安そうに訊ねた瞳子に、老人はこりゃ参ったといわんばかりに額を打った。

「そうか、そういう可能性もあるわけか。なるほど、俺はたいした年寄りだからな。だが、心配はいらん。さいわい俺には将来有望な弟子がいるんだ。といっても、まだほんの子供なのでな。いま時分は白川夜船《しらかわよふね》、奥でぐっすり寝てござるが、知りたがり屋のやりたがり屋で、なんだかんだと覚えがいい。ついつい何でも教えたくなる。梅蜜の仕込み方にしても、な」

「だったらよかった」

老人の人なつこい笑顔につられて瞳子は明るい微笑みをうかべた。そしていつか来る約束の日のために、老人に自分の名前を告げた。

コップに口をつけたとたん、甘い果実の香りと涼しいソーダの刺激が胸いっぱいに広がった。身体のなかを水色の風が吹き抜けていくようで、重たいわだかまりがきれいに洗い流されていくようで、瞳子はうっとりしながら目を閉じた。


目を開けると、白い部屋のなかにいた。

いつの間にかもとの——十八歳の瞳子に戻っている。そこは瞳子がよく知っている場所だった。散々見知ったなじみの風景——とはしかし、やはり違っていた。

目の前に大きな扉が出現していた。まるで、さあ開けろと言わんばかりに。

戸惑う瞳子にいつかの声がはっきりと告げた。

——さあ、外へ。おまえはもう大丈夫だから。

瞳子はおぼつかない足取りで扉に近づいた。いまにも壁と同化してしまいそうな、真っ白な扉。細い溝が四角い輪郭を描いて、かろうじてそれを壁と区別させている。

扉はずっと以前からそこにあったような顔をして、瞳子に開かれるのを待っていた。

瞳子は透明な硝子の握りに手を触れて——

重い扉を押し開けた。


いくつもの灯火のまたたきに目がくらんだ。

痛みを感じるほどのまばゆさに幻惑された視力が、あたりまえの感覚を取り戻すのには、少し時間がかかった。いくらかのときがたって、ひとつの景色が瞳子の目の前にはっきりと姿をあらわしはじめた。夢とは違う、圧倒的な現実感を伴って。

ずっと瞳子に隠されてきた世界。そこは意外にも、何の変哲もない場所だった。毎日の暮らしのなかで何度も目にしてきた部屋——自宅の居間だ。

人がいる。誰だろう。テーブルを囲んで、何かを話し合っているようだ。まだぼんやりとかすむ意識を励まして、瞳子は話し手の声に耳を傾けた。

「お嬢様がお屋敷から消えておしまいになったことに気づいたのは、お三方の葬儀を済ませた翌日の、早暁《そうぎょう》のことでございました」

着物の袂《たもと》で赤くなった目元をしきりに拭いながら、希和が続けた。

「お部屋にも、お屋敷のどこにもお嬢様のお姿が見当たりませんで、私どもはたいへんにあわてました。しかし、ほどなく元待町の交番からお嬢様が保護されたという連絡がありまして、ほっと胸をなでおろした次第でございます。

なんでも、夜中に街で寝ぼけ半分で道に迷われていたところを、近所のご老人が見つけて、ご親切にも交番まで付き添ってきてくださったとのことでした。

あとでお医者様にうかがった話では、そのような不可思議なふるまいを、夢遊病《むゆう》とかいうそうで。

　私はすぐにお迎えに出向きまして、そこでまた、とても不思議な思いをいたしました。お嬢様はあの悲惨な夜のことを、すっかりお忘れになってしまっておいででした。不謹慎ながら、私はそのことを知ったとき、ずいぶん救われたような心持ちがいたしました」

　夜見坂はうなずいた。

「わかります。父親が母親を殺害したという事実にせよ、その父親を自分が手にかけなければならなかったという現実にせよ、十二歳の女の子でなくても人生に絶望してしまいそうです」

「ですから、私と薫様は何としても、お嬢様があの不幸な記憶を取り戻されないように、それが無理なら、少しでも長く忘れた状態が続くようにと、お医者様に相談いたしました。そしてお医者様がおっしゃられたとおりに、何もかもをなるべく事件以前のままにして、記憶の戻るきっかけになりかねないものから、お嬢様を遠ざけるようにつとめました」

「瞳子さんがずっとしあわせな夢のなかで生きていけるように、ですか?」

　夜見坂は首をかしげた。

「由《よ》らしむべし、知らしむべからず。それ、人呼んで『やさしい嘘』ってやつですね。意外かもしれませんけど、そういうのって、嘘をつかれる側にとってはちっともやさしくなんかないんですよ。目にも耳にも覆いをかけてほんとうのことから遠ざけておくなんて、一種の虐待です。だって、いくら隠しても事実は事実、現にそこにあるものなんですから。それなのに何も知らされないでいるなんて、世にも気の毒な人です。それも、信じるべき相手にわざと道に迷わされるなんて。人でも物でも、過保護にするのはよくありません。状態よく保つには、適度に風や陽にあてないと。自分の頭を使って、自分の足で歩けるようにしてあげるのがほんとうの親切ってものです。過保護って、暗黙裡《り》に相手に無能のメッセージを伝えるものです。たまにはよくても、ずっとそんな調子じゃ、自信も気力も枯《こ》渇《かつ》してしまいます。おためごかしもいいところです。そうは思いませんか、薫さん」

　膝の間で組み合わせた両手にじっと視線を落としていた薫が顔を上げた。

「おせっかいは承知で言いますけれど、会社のこと、瞳子さんに正直に報告なさった方がいいと思います。六年前の時点であなたが青井貿易の責任者を引き受けられたのは、誰もその地位を欲しがらないほど経営が傾いていたからなんですね。それをここまで再建されただなんて、たいしたものです。だけど怪しげな密輸品にかかわるのだけはこのさい、きっぱりおやめになった方がいいと思います。密輸業者の末路って、あまりいいものじゃありませんから。瞳子さんを騙し続ける必要がなくなれば、むかしの青井家の贅沢な習慣にこだわる理由もなくなります。そしたら、もう少し仕事を選ぶ余裕もできるんじゃないかな」

さりげなく、しかし恐ろしく的確な忠告をよこした夜見坂に、薫はひとときの驚異のまなざしを向けた。が、それはじきに気の抜けたような諦めの表情に変わった。

薫はすっかり観念した様子でため息をつくと、静かに瞑目《めいもく》した。

「それから希和さん。瞳子さんのご両親について、下手に美化したりしないほうがいいと思います。響子さんに青井氏との縁談を勧めたご両親は——いえ、川田家の人々は皆さん、青井氏という人間を見誤ったんです。間違ったものはもう、仕方がないです。でも、気をつけてください。間違いを隠すと被害って拡大しますから。だけど、頑張って直視した場合、そこからけっこうな学びが得られるものです。過《あやま》ちては改むるに憚ることなかれ、です。できることなら現実と幻想のあいだに生じる齟齬《そご》が現実的な害を及ぼさないうちに、環境に対する認識を正しておくことをお勧めします。

家族たるもの、大事なことは真実の言葉で語ってください。嘘って、ずいぶんな毒です。場合によっては薬になることもなくはありませんけど、そんなの、めったにないことです。もし、家ってものが心身の健康を養うところなのだとしたら、それを共有する家族にとって何が一番大事かって、毒を盛られる心配をしないですむことなんじゃないでしょうか。

いっそ、皆さんで問題を共有すればよかったんです。知るべき人にそれを知らせず、皆がそれぞれに秘密を抱え込んで、自分だけの価値観に従って嘘をついた。そうすれば大事なものが守れると思って。少なくとも主観的にはその嘘が美しいものだと信じて。

だけど身内に、事実に関する嘘は禁物です。こと、近しい間柄において、その手の嘘は命取りになりかねません。利害を一にすべき間柄で弄《ろう》される嘘はほとんど凶器です。関係どころか、場合によっては人生そのものを台無しにしかねない――」

「ほんとうに、そのとおりね」

夜見坂の容赦のない説教に、少女の声が応えた。

皆が一斉に、声の主に注目した。

「お嬢様！　お目覚めになったので。ああ、どこか痛いようなところはございませんか」

希和がばたばたと足音をたてて長椅子に駆け寄った。

「ないわ。いい気分よ。ずいぶん長い眠りから覚めたような感じなの。

わたしがしたことを、わたしに思い出させないように、わたしを守るために、薫さんにも希和さんにもずいぶんつらい思いをさせていたのね。こんなに迷惑をかけていたのに、それなのに、わたしは少しもそのことに気づけなかった。……ごめんなさい……何もかもわたしのせいだったの」

つぶやいた瞳子の目から、どっと涙があふれ出した。

「忘れていたことを、ぜんぶ思い出したの。あの頃のことも。ずっと仲の良い家族だって信じていたの。そのことを疑いもしなかった。だから……わたしがお父様に話したの。お母様と希和さんと三人で夜の旅行に行くって。お仕事のせいでお父様が一緒じゃないのは残念だわって。だけどその夜、お父様はお仕事にはお出かけにはならなくて、かわりにお母様と深山の小父様をお部屋にお呼びになったんだわ。それで――」

その先を、希和がたまりかねたようにさえぎった。

「なにをおっしゃいます！　お嬢様はちっとも悪くなぞございませんよ。だって何もご存じなかったんですから。私たちが皆でお嬢様に隠しごとをしていたんですから」

希和は何度もしゃくり上げる瞳子をぎゅっと抱き寄せた。その肩が、たちまち小刻みに震えだし――ほどなく希和は瞳子と一緒になって、声をあげて泣きだした。

ふたりが泣いているあいだ、夜見坂と薫はとても気まずい状況に取り残された。

しかし居心地の悪さに顔を見合わせていたのも初めのうちだけで、やがてそれぞれにテーブルの上の紅茶茶碗に手をのばした。

双方の胃袋が急に存在を主張しはじめたからである。夜見坂と薫は、時間がたったせいですっかり渋くなってしまった紅茶をしきりにおかわりしながら、皿の上で手つかずのまま干からびていたサンドイッチを、せっせと腹のなかに片づけていった。

カーテンの隙間から白い光が射していた。

夜はすっかり明けていた。夜来《やらい》の雨もいつの間にかあがって、もう雷鳴も、激しく地上を叩く雨の音も聞こえなかった。

そのかわりに、次第に明るさを増していく戸外から途切れ途切れに聞こえはじめたのは、今年初めて耳にする蟬《せみ》の鳴き声だった。

ひとしきり泣いた瞳子が落ち着きを取り戻すのを気長に待って、夜見坂は彼女に暇を告げた。

「青井瞳子さん。これでお受けした仕事はぜんぶ片づきました。例の夢、もう見ることはないと思います。あなたにかけられた鍵はきれいに外せましたから。お姫様が気分よく目を覚ましたら、ついでに巻き添えになっていた人たちにとり憑いていた悪い夢も一緒に消えてくれたみたいだし、あとは皆さんの思うようにやってください。

意味のない婚約を解消するなり、天気の良い日にひとりで街をうろつくなり、不可抗力な事故に負い目を感じたりしないで、思いきり枕を高くして昼寝するなり、なんでも楽しいことを。これまでは皆さん、見当はずれの方向にエネルギーを傾注《けいちゅう》して無駄使いしてこられたみたいですけれど、これからはもっと有効に活用できるんじゃないかな。暮らしを楽しくするために」

夜見坂の言いぐさに、瞳子は泣きやんだばかりの顔に明るい微笑みをうかべた。

「ええ、そうするわ。ほんとうのことを知るのはずいぶん痛いけれど、それでも目を開けていたい。いまはそう思えるの。おじいさんに会えなかったのは残念だけれど、わたしの奥の君はちゃんとあなたを探し当ててくれた――」

瞳子は夜見坂を見つめる目を、なつかしそうに細めながら言った。

「ありがとう。魔法使いのお弟子さん」

5

物干し竿の上で、半月ぶりに陽の光にさらされた布団と座布団がふかふかに膨らんでいた。

窓も戸口も開け放たれてほとんど素通しになった夜見坂金物店には、昼の光がいっぱいに入りこんでいた。日盛り近くの強い陽射しは、雨の季節にたまりにたまった湿気を家のなかからきれいに追い払い、部屋の隅々までを明るく照らしていた。

コンロの上で、土鍋が淡い湯気を吹いていた。家全体に広がる甘い果実の香りのなかで、夜見坂はたったいま着いたばかりの手紙に目を通していた。

手紙は、次のような珍妙な呼びかけからはじまっていた。

魔法使いのお弟子様！　その後、いかがお過ごしでしょうか。いつかはたいへんにお世話になりました。夜見坂様にはほんとうに、お礼の申し上げようもありません。

こちらは皆、元気にしております。私事ですが、近頃家計再編のため、あのお城みたいに大仰な屋敷を手放すことになりました。ついでに思い切って、女学校もやめることにしました。薫さんとの婚約も晴れて解消です。

薫さんは、せっかくだから学校には卒業まで通ってはどうかと勧めてくれましたが、押し切りました。仕方がありません。学校に通うより、もっとほかにしたいことができたのです。

目下わたしは魔法使いならぬ、貿易商の弟子になるつもりでいます。手はじめに、帳簿のつけかたを勉強しているところです。覚えることはたくさんありますが、そのうちに薫さんの下について実地に商売の勉強をさせてもらうつもりでいます。このごろでは、そろばんを使った計算もなかなか上手になりました。

自分で何かを考えたり、したりをするのはとても楽しい。いまのところ、まわりの人たちには物好きなことをとあきれられていますけれど、わたしはそう思います。こんなこと、自分で言うのは図々しいようですが、きっと商人として将来有望です。

さて、こうしてお手紙をしたためましたのには、近況の報告のほかにもうひとつ、お願いしたいことがあるからなのです。

夜見坂様への支払いを、もう少し待っていただきたいのです。じつは、まじないの代金としてお渡しした婚約指輪を買い戻したく思っています。結婚がなくなったのに、指輪をもらったままでいるわけにはいきませんから。

青井瞳子宛てに、請求書をお送りください。お金は近日中に持参いたします。それまでしばらくのあいだ、指輪はお手許に置いてくださいますように。

まずは右、お願い申し上げます。

暑さ日増しに厳しくなる折柄、ご自愛くださいますよう。

七月吉日

青井瞳子拝

夜見坂平様

夜見坂は手紙を読み終えると、元のように折り畳んで板床の端に置いた。それから勝手のほうへ立っていき、鍋のふたを取って中身を味見した。具合が良いようなので、火からおろした。

年毎にできあがった梅蜜と、蜜をしぼったあとの果肉をジャムに煮詰めたものを、それぞれに瓶詰めにして保存しておくことは、夜見坂家の年中家事計画における必須作業のひとつだった。梅蜜もジャムも作り置いておけば、寒天、くずきり、氷梅《こおりうめ》といった夏のおやつに大活躍なのだ。

去年の夏、平蔵《へいぞう》と勝手に並んで作業したときと同じように、注ぎ口のついた杓子《しゃくし》で、土鍋の中身を消毒済みの瓶に流しこんだ。あとは瓶の高さに合わせて湯をはった大鍋で脱気、殺菌を済ませれば完成である。

夜見坂はせっせと仕事にいそしんだ。

整然と並んだ硝子瓶の縁で陽光が弾けて、作業台の上に虹の破片が散っている。甘い湯気が、煙出しから逃げていく。

夜見坂はかすかにゆれる水蒸気の帯の行方を、目で追った。そして突き当たったまぶしさに目を細めた。

明るい空だ。煙出しから見える青空には、みじんの雨の気配もなかった。むくむくと固く湧き上がった雲が、目に痛いほど白く輝いている。

ここ数日、晴天が続いていた。

陽射しの強さだけではなく、空の色もすっかり夏の装いだ。

真っ青な夏空からは、驟雨《しゅうう》に似た蟬の鳴き声が盛大に降りそそいでいた。

※この作品はフィクションです。実在の人物・団体・事件などにはいっさい関係ありません。

集英社オレンジ文庫をお買い上げいただき、ありがとうございます。
ご意見・ご感想をお待ちしております。

● あて先
〒101-8050　東京都千代田区一ツ橋2-5-10
集英社オレンジ文庫編集部 気付
紙上ユキ先生

集英社
オレンジ文庫

金物屋夜見坂少年の怪しい副業

2015年11月25日　第1刷発行

著　者　紙上ユキ
発行者　鈴木晴彦
発行所　株式会社集英社
〒101-8050東京都千代田区一ツ橋2-5-10
電話【編集部】03-3230-6352
【読者係】03-3230-6080
【販売部】03-3230-6393（書店専用）
印刷所　大日本印刷株式会社

※定価はカバーに表示してあります

ISBN 978-4-08-680050-1 C0193

コバルト文庫　オレンジ文庫

「ノベル大賞」

募集中！

小説の書き手を目指す方を、募集します！
幅広く楽しめるエンターテインメント作品であれば、どんなジャンルでもＯＫ！
恋愛、ファンタジー、コメディ、ミステリ、ホラー、ＳＦ、etc……。
あなたが「面白い！」と思える作品をぶつけてください！
この賞で才能を開花させ、ベストセラー作家の仲間入りを目指してみませんか⁉

大賞入選作

正賞の楯と副賞300万円

準大賞入選作

正賞の楯と副賞100万円

佳作入選作

正賞の楯と副賞50万円

【応募原稿枚数】

400字詰め縦書き原稿100〜400枚。

【しめきり】

毎年1月10日（当日消印有効）

【応募資格】

男女・年齢・プロアマ問わず

【入選発表】

締切後の隔月刊誌『Cobalt』9月号誌上、および8月刊の文庫挟み込みチラシ紙上。入選後は文庫刊行確約!
（その際には、集英社の規定に基づき、印税をお支払いいたします）

【原稿宛先】

〒101-8050　東京都千代田区一ツ橋2-5-10
（株）集英社　コバルト編集部「ノベル大賞」係

※Webからの応募は公式HP（cobalt.shueisha.co.jp　または orangebunko.shueisha.co.jp）をご覧ください。

応募に関する詳しい要項は隔月刊誌Cobalt（偶数月1日発売）をご覧ください。